Nichts Kann Seinem Schicksal Entgehen

Nichts Kann Seinem Schicksal Entgehen

Aldivan Torres

CONTENTS

1

" Nichts Kann Seinem Schicksal Entgehen "

Aldivan Torres

| Nichts | Kann | Seinem | Schicksal | Entgehen |

Autor: Aldivan Torres
© 2020- Aldivan Torres
Alle Rechte vorbehalten

—
Dieses Buch, einschließlich aller Teile, ist urheberrechtlich geschützt und darf ohne Zustimmung des Autors nicht vervielfältigt, weiterverkauft oder übertragen werden.

Aldivan Torres ist ein etablierter Autor in mehreren Genres. Bis heute wurden Titel in Dutzenden von Sprachen veröffentlicht. Schon in jungen Jahren war er ein Liebhaber der Schreibkunst und hat seit der zweiten Hälfte des Jahres 2013 eine professionelle Karriere gefestigt. Er hofft, mit seinen Schriften zur internationalen Kultur beizutragen und das Vergnügen zu wecken, diejenigen zu lesen, die dies noch nicht getan haben Gewohnheit. Ihre Mission ist es, die Herzen aller Ihrer Leser zu gewinnen. Neben Literatur sind seine Hauptgeschmacksrichtungen Musik, Reisen, Freunde, Familie und Lebensfreude. „Für Literatur, Gleichheit, Brüderlichkeit, Gerechtigkeit, Würde und Ehre des Menschen immer" ist sein Motto.

Nichts Kann Seinem Schicksal Entgehen
Jabalpur – 4. Januar 2022
Nach einer langen Reise
Religiöser Tempel
Erstes Heiligtum
Im zweiten Szenario
Im dritten Szenario
Im vierten Szenario
Im fünften Szenario
Im sechsten Szenario
Im siebten Szenario
Im achten Szenario
Der reiche Bauer und die bescheidene junge Frau
Abschied
Arbeiten an der Bar
Arbeit auf dem Bauernhof
Familientreffen
Bräutigam geehrt
Die Reise

Ein Monat in der Stadt Weißer Fluss
Reaktion der Familie Rose
Rückkehr nach Bergdorf
Der Versöhnung des ehemaligen Bräutigams
Die Hochzeitsfeier
Die Geburt des ersten Kindes
Die Gründung des ersten Gewerbes
Markteröffnung
Wohlstand
Die Familie
Zeitraum von zehn Jahren
Wiedervereinigung
Anerkennung seiner Rolle in der Gesellschaft
Die Suche nach Träumen
Kindheitserlebnisse
Niemand respektiert meine Sexualität
Der große Fehler, den ich in meinem Liebesleben gemacht habe
Die große Enttäuschung, die ich mit Kollegen hatte
Die großen Vorhersagen für mein Leben
Der Heilige, der Sohn eines Apothekers war
Apotheke
Frühe Jahre
Die Reise
Ankunft im Priesterseminar
Besuch der Muttergottes
Eine Lektion über Religion
Gespräch im Seminar
Eintritt in die Liebend Gemeinde
Als Missionar durch das Land reisen
In einem Dorf in Süditalien
Tod des Gründers der Kongregation
Ernennung zum Bischofsamt
Die Invasion von Napoleon Bonaparte

Die Zeit des Exils
Abschied von der Mission

Jabalpur – 4. Januar 2022

Nach einer langen Reise

Ich war gerade aus dem Flugzeug gestiegen und war begeistert von der Fülle der indigenen Region. Es war eine spektakuläre Landschaft. Mit einem Relief zwischen Bergen, Fußgängern, Autos und Tieren, die um den Weltraum wetteiferten, war Indien ein äußerst exotisches Land. In diesem eigentümlichen und mystischen Raum fühlte ich mich besonders wohl.

Als ich aus dem Flugzeug steige, komme ich etwas orientierungslos zum Flughafen. Ich kommuniziere auf Englisch und einer der Mitarbeiter vor Ort bringt mich zu einem Taxi. Das Ziel war, das Hotel zu erreichen, wo ich bereits erwartet wurde.

Ich steige ins Taxi; Ich begrüße den Fahrer und gebe Ihnen die gewünschte Adresse. Ich setze mich gemütlich auf die Rückbank und dann wird das Streichholz gegeben. Meine erste Arbeit auf dem Land beginnt. Für einen Moment sehen wichtige Gedanken meinen Geist. Was würde passieren? War ich auf die Herausforderung vorbereitet? Wo würde ich den Meister finden? Zum jetzigen Zeitpunkt seien noch viele Fragen offen.

Die Stadt erschien mir sehr schön. Bezaubert von ihr gingen wir durch die engen Gassen, als ob wir keine Zeit hätten. Es schien, dass der Weg der Erleuchtung auf Zeit und Raum verzichtete. Es schien, dass meine Zweifel größer waren als alles andere. Aber auch die Neugier und der Siegeswille erfüllten mich vollends und machten mich zu einem

Mann zum Arbeiten. Ich wusste nur nicht, wann oder wie das passieren würde.

Das alles führt mich zu einer großartigen Reflexion, die mein eigenes Leben und meine Karriere betrifft. Ich sah das Leben als eine große spirituelle Prüfung. Der Mensch ist in das soziale Umfeld eingebettet, es entstehen Schwierigkeiten und Wege, ihnen zu begegnen, und es liegt an uns, sie zu teilen. Wenn wir im Leben passiv sind, werden wir nichts ernten. Wenn wir in unseren Projekten aktiv sind, haben wir die Möglichkeit zu gewinnen oder zu scheitern. Wenn wir scheitern, können wir die gewonnenen Erfahrungen in neuen Situationen nutzen. Wenn wir gewinnen, können wir uns einen neuen Traum ausdenken, damit wir uns beschäftigen können. Für den Menschen ist dies: Er lebt in ständiger Suche nach Gott und sich selbst.

Wenn ich durch diese Straßen gehe, sehe ich die Nachwirkungen von Armut und Reichtum, die von der Bevölkerung geerbt wurden. Nichts davon ist kosmische Jagd. Alles kann nach unserem eigenen Willen gestaltet werden. Und das ist noch nicht einmal eine Frage des Egoismus. Es ist eine Möglichkeit, Ihre Ziele zu erreichen, denn ohne das Geld wird nichts auf der Erde gebaut. Geld zu haben gibt dir keine Verantwortung für deine eigene Entwicklung. Wir müssen immer Nächstenliebe üben, um wahres Glück zu entdecken und dem Schöpfer aller Dinge zu begegnen.

Endlich kommt das Taxi. Ich steige die Treppen des Hotels hinauf und mache es mir in einer Wohnung im ersten Stock bequem. Ich packe meine Koffer und fühle mich frei. Danach verlasse ich die Wohnung und spreche mit einem der Mitarbeiter vor Ort. Einer von ihnen interessiert sich sehr für mein Haus und möchtest du mein Führer zu sein.

Dinesh

Ich mochte dich wirklich. Deine Einstellung, dein Handeln, deine Art zu sein erscheinen mir sehr eigenartig. Wie heißt du und woher kommst du?

Gottähnlich

Mein Name ist Divine, Sohn Gottes, Seher oder Aldivan Torres. Ich bin einer der großen brasilianischen Schriftsteller.
Dinesh
Ach, das ist wunderbar. Ich liebe die Brasilianer. Ich war neugierig auf dich. Kannst du mir ein wenig über deine Geschichte erzählen?
Gottähnlich
Natürlich würde ich mich freuen. Aber es ist eine lange Geschichte. Sich fertig machen. Mein Name ist Aldivan Torres und ich bin diplomierter Mathematiker. Meine beiden großen Leidenschaften sind Literatur und Mathematik. Ich war schon immer ein Liebhaber von Büchern und seit ich ein Kind war, habe ich versucht, meine zu schreiben. Als ich in meinem ersten Jahr an der Weiterführende Schule war, sammelte ich einige Auszüge aus den Büchern Prediger, Weisheit und Sprichwörter. Ich war unglaublich glücklich, obwohl die Texte nicht meine eigenen waren. Ich zeigte es allen mit großem Stolz. Ich habe das Abitur gemacht, einen Computerkurs belegt und mein Studium für eine Weile abgebrochen. Dann trat ich in einen technischen Studiengang Elektrotechnik ein, der damals zur Bundeszentrale für technische Bildung gehörte. Allerdings wurde mir klar, dass es nicht mein Bereich für ein Zeichen des Schicksals war. Ich war vorbereitet, in diesem Bereich ein Praktikum zu absolvieren. Doch am Tag vor dem Test, den ich machen wollte, forderte mich eine seltsame Kraft ständig auf, aufzugeben. Je mehr Zeit verging, desto größer wurde der Druck, den diese Kraft ausübte. Bis ich beschloss, den Test nicht zu machen. Der Druck beruhigte sich und mein Herz auch. Ich glaube, es war ein Zeichen des Schicksals, dass ich nicht hingegangen bin. Wir müssen unsere eigenen Grenzen respektieren. Ich habe einige Wettbewerbe gemacht; Ich wurde zugelassen und übe derzeit die Rolle der pädagogischen Verwaltungsassistentin aus. Vor drei Jahren hatte ich ein weiteres Zeichen des Schicksals. Ich hatte einige Probleme und bekam am Ende einen Nervenzusammenbruch. Ich habe dann angefangen zu schreiben und in kurzer Zeit hat es mir geholfen, besser zu werden. Daraus entstand das Buch: Vision eines Mediums, das ich nicht veröf-

fentlicht habe. All dies zeigte mir, dass ich in der Lage war zu schreiben und einen würdigen Beruf auszuüben. Danach habe ich einen weiteren Wettbewerb bestanden, hatte Probleme bei der Arbeit, erlebte neue Abenteuer in der Serie Der Seher und hatte große Liebe und berufliche Enttäuschungen. All das hat mich zu dem Mann gemacht, der ich heute bin.

Dinesh

Interessant. Klingt für mich nach einer wunderbaren Flugbahn. Ich bin einfacher. Ich bin der Sohn eines Mönchs und habe bei ihm die Geheimnisse meiner Religion gelernt. Ich habe auch mehr über Kultur geforscht und bin als Mensch aufgewachsen. Meine Wesen haben auf dich als jemand Besonderen hingewiesen. Ich würde dich gerne besser kennenlernen.

Gottähnlich

Nun, das ist es. Ich bin auch daran interessiert, Sie kennenzulernen. Lasst uns diesen kulturellen Austausch machen. Ich möchte mehr über Ihr Land und Ihre Kultur wissen. Wir werden gemeinsam in Richtung Evolution wachsen.

Dinesh

Dann folge mir.

Ich nahm den Anruf des Experten entgegen. Wir nahmen ein Taxi und begannen auf den Straßen der Stadt zu laufen. Wirklich, ich genoss alles, was ich miterlebte. Alles war so neu und so interessant. Das ermutigte mich, alles im Detail zu beobachten, um meine nächste Arbeit zu schreiben.

Ich gehe im Kreis und dann geradeaus und schaue aus dem Autofenster, was sich auf den Straßen bewegt. Ich fühlte mich glücklich, erfreut und voller Ideen. Ich fühlte mich inspiriert, für alle, die mich begleiteten, gute Lebenszauber zu produzieren. Alles wurde in das Buch des Lebens und des Schicksals geschrieben. es war genug zu glauben. Während wir gehen, fange ich ein Gespräch an.

Gottähnlich

Wie würden Sie die Stadt Jabalpur definieren?

Dinesh

Jabalpur ist die drittgrößte Stadt im Distrikt Madhya Pradesh und der 37. größte städtische Ballungsraum des Landes. Wir sind eine wichtige Stadt im kommerziellen, industriellen und touristischen Kontext. Wir sind auch ein wichtiges Bildungszentrum.

Gottähnlich

Was ist der Ursprung des Namens Jabalpur?

Dinesh

Einige sagen, es sei wegen eines Weisen, der am Ufer des Narmada-Flusses meditierte. Andere sagen, dass es an oder großen Steinen lag, die in der Region üblich sind.

Gottähnlich

Wunderbar. Besonders gut. Ich habe es genossen, ein wenig mehr über diesen Ort zu erfahren.

Das Auto gibt eine Beule und die ruhigen Gefühle. Alles bewegte sich zu einem Treffen der Kulturen und Traditionen. Zu dieser Zeit war es wichtig, das Wissen und die Weisheit, die gewonnen werden konnten, zu priorisieren. Nach dem Programm könnte es die Befreiung des inneren Selbst erobern, eine Energie, die so stark ist, dass sie uns zur Erleuchtung bringen könnte. Nichts war unmöglich zu erobern, weil der Glaube große Wunder hervorbringen konnte.

Das Fahrzeug bewegt sich von einer Seite zur anderen, und wir sind in unseren eigenen Gedanken versunken. Als der Experte sich darauf vorbereitete, sich selbst zu hinterfragen und eine Lernstrategie zu entwickeln, reiste ich in meinen alten Lebensgeschichten. Der gesamte bisherige Schaffensprozess hat mich so gestärkt und inspiriert, Welten und Konzepte zu erschaffen. Es war notwendig, in den Kern des Universums einzutauchen, sich mit Energiewesen zu stärken, die Kontrolle über sich selbst zu erforschen, war eine große Herausforderung.

So kamen wir zum Ausbildungszentrum.

Religiöser Tempel

Die Parkplätze vor dem Tempel. Wir gingen runter, bezahlten den Fahrer und gingen auf ihn zu.
Dinesh
Wir sind an einem heiligen Ort. Hier lernte ich, ein richtiger Mönch zu sein. Hier arbeiten wir mit guten energetischen Flüssigkeiten. Es braucht Konzentration, um unsere Energie zum Strahlen zu bringen. Die angemessenen Worte ist Lernen.
Gottähnlich
Danke für die Einladung. Wir sind hier, um Energie auszutauschen. Ich bin mir sicher, es wird ein großartiges Erlebnis.
Dinesh
Unbedingt. Die Ehre wird ganz mir gehören.

Erstes Heiligtum

Sie betreten das große Gebäude, bewahren Dinge in einem Raum auf und gehen dann zum spirituellen Training. Jetzt war die eigentliche Zeit, um als spiritueller Lehrer zu wachsen und sich zu festigen. Seine Quellen des fleischlichen Kochens verfluchten schreckliche Dinge in seinem Kopf, als würden sie eine innere Kraft erwecken.

Auf das Zeichen des Meisters halten sie sich an den Händen und versuchen, ihre Lebensenergie zu konzentrieren. Das Ritual macht sie bewusst und gleichzeitig unglaublich offen.
Dinesh
Viele wissen nicht, welches Ziel sie wählen oder welche Richtung sie einschlagen sollen. Sie sind Schafe auf der Suche nach einem Hirten. Andere wissen nicht, welche Politik, Politik, Ideologie, Sexualität oder Religion prädestiniert sind. Halten Sie inne, denken Sie nach und reflektieren Sie. Versuchen Sie, auf die Stimme Ihrer Intuition zu hören. Versuchen Sie, sich mit den göttlichen Energiekräften zu verbinden.

Wenn wir mit diesen Energien in Verbindung kommen, sind wir in der Lage, unsere eigenen Entscheidungen zu treffen. Das ist unabhängig von Ihrem Glauben. Jede Wahl ist gültig, solange sie der nächsten nicht schadet. In der Welt haben wir zwei Möglichkeiten: die Wahl für den Weg der Dunkelheit und die andere Wahl für den Weg des Guten. Dies spiegelt sich auch in unserer Einstellung und unseren Reflexen wider. Besser können wir nicht reden. Alle sind Lernwege und nicht endgültig.

Gottähnlich

Diesen Lernweg möchte ich gehen. Ich liebe diese Art, vielfältige und autonome Empfindungen zu erleben. Wissen ist unsere große Waffe gegen Hass und Gewalt. Wir müssen mutig für unsere Ideale kämpfen. Wir müssen uns gegenseitig glücklich machen und uns erlauben, glücklich zu sein. Wir alle verdienen Glück auf diesem Weg des ewigen Lehrlings. Wie kann ich diesen Grad an spiritueller Befreiung erreichen?

Dinesh

Wir müssen die ernsten Sachen aufgeben. Wir müssen die richtige Wahl treffen. Wir müssen uns für das Gute entscheiden, auf der Seite der schwulen Gruppe stehen, an der Seite von Schwarzen, Frauen und Armen stehen. Wir müssen neben den Ausgeschlossenen stehen und mit ihnen dasselbe Brot teilen. Wir müssen dies für Gott tun, für uns selbst, für das Wunder der Geburt, für die Herrlichkeit der Existenz, um unseren emotionalen und körperlichen Schmerz zu lindern, um mehr Kraft zu haben, um für Ihre Ziele zu kämpfen und um Ihre eigene Geschichte in Würde zu schreiben Weg. Wenn wir allem Bösen abschwören, werden wir ein Weiser genannt.

Gottähnlich

Das mache ich alles schon. Ich stehe auf der Seite der Verfolgten und Diskriminierten. Ich habe den Mut, mich als Außenseiter zu identifizieren. Ich spüre jeden Tag die Leiden von Vorurteilen und Intoleranz in mir. Wenn ich ein Gott wäre, wäre ich der Gott der Armen und Ausgeschlossenen.

Dinesh
Das ist wunderbar, Aldivan. Ich identifiziere mich mit dir. Es gibt Momente in unserem Leben, in denen wir Mut, Identifikation und Entschlossenheit brauchen. Wir müssen unserem überlegenen Instinkt freien Lauf lassen und Wunder vollbringen. Wir müssen die Initiative ergreifen und viel mehr für andere tun. Es tut mir leid, dass du gelernt hast. Gehen wir zum nächsten Schrein.

Beides geht Hand in Hand, damit die Energie richtig fließt und zum zweiten Szenario übergeht.

Im zweiten Szenario

Die beiden Freunde befinden sich bereits im zweiten Szenario. Der Experte organisiert die gesamte Umgebung für das Ritual: eine Schale, einen Kuchen und einen Tisch in der Mitte. Sie benutzen das Glas, um den Schnaps zu trinken und den Kuchen zu essen. Dabei sind seltsame Stimmen in ihren Mägen zu hören. Sie explodieren in Blähungen und erzeugen ringsum Rauch.

Dinesh
Die Welt in ihrer heutigen Zeit ist voller Vorurteile und Diskriminierungen. Auf der einen Seite die weiße Elite, reich, schön, politisch und auf der anderen Seite die Armen, die Hässlichen, die Stinkenden und die Frau. Die Welt voller Regeln wird nach den Wünschen der Elite gemacht. Nur sie hat die Vorteile, sich überlegen, geliebt und bewundert zu fühlen. Während die Diskriminierten verfolgt werden und kaum atmen oder friedlich leben können. Die Welt braucht viele strukturelle Veränderungen. Wir brauchen eine faire Politik für alle, wir brauchen mehr Arbeitsplätze, wir brauchen mehr Wohltätigkeit und Freundlichkeit, letztendlich brauchen wir eine neue Gesellschaft, in der alle wirklich die gleichen Chancen, Rechte und Pflichten haben.

Gottähnlich

Ich fühlte es in meiner Haut, mein Freund. Als Sohn von Bauern lernte ich schon früh, für meine Ziele zu kämpfen. Auf diesem Weg bekam ich von niemandem Hilfe außer der Hilfe meiner Mutter. Ich musste tapfer für meine Träume kämpfen. Wenn wir hart arbeiten, segnet Gott uns. So habe ich nach und nach meine Ziele erreicht, ohne jemanden zu verletzen. Bei jedem errungenen Sieg erlebte ich außergewöhnlich gute Empfindungen. Es ist, als würde das Universum all meine Güte zurückgeben. Dabei können wir das Sprichwort berücksichtigen: Wer pflanzt, erntet!

Dinesh

Am schlimmsten ist es, mein Freund, wenn dieses Vorurteil in Hass, Gewalt und Tod umschlägt. Es gibt Banden, die sich darauf spezialisiert haben, Minderheiten zu töten, und das ist so deprimierend.

Gottähnlich

Verstehe. Es scheint, dass die Menschen auf der Welt nicht aus der Pandemie gelernt haben. Anstatt sich zu lieben, tötet, verletzt und betrügen sie. Die meisten Menschen haben ihre Grundwerte des Zusammenlebens verloren. Wie kann man sich dann vor Gott erholen?

Dinesh

In dieser Hinsicht können wir feststellen, dass viele wegen der Dinge der Welt, wegen des Ruhms oder des sozialen Status, wegen der natürlichen Lebenszyklen, wegen der Evolutionszyklen und wegen der endgültigen Befreiung in Sünden verloren gingen. Dadurch entwickelt sich der Mensch nie vollständig.

Gottähnlich

All diese Dinge sind vergänglich. Wir sollten unter anderem Weisheit, Wissen, Kultur, Güte und Nächstenliebe kultivieren. Nur dann hätten wir konkrete Fortschritte auf dem Weg der Erleuchtung.

Dinesh

Aber das ist eine Folge des freien Willens. Wenn ich frei bin, kann ich zwischen Gut und Böse wählen. Wenn ich Dunkelheit bevorzuge, trage ich auch Konsequenzen. Ich denke, wenn du nicht in Liebe lernst, lernst du aus Schmerz.

Gottähnlich

Die klügste Wahl wäre, in Liebe zu lernen. Dafür müssten wir weniger fordern und mehr handeln. Dafür müssten wir Träume verwerfen und andere an die gleiche Stelle setzen. Wir müssten ändern, was mit uns nicht stimmt, weggehen und uns entscheiden, wer gut für uns ist. Alles, was mit Liebe getan wird, erzeugt noch mehr positive Energien.

Dinesh

Zustimmen. Aber es gibt wirklich gemeine Leute. Höllische Kreaturen, die anderen keinen Frieden geben. Ich verstehe nicht, wie jemand seinem Nächsten Schaden zufügen kann. Die Last des schweren Gewissens im Schlaf zerstört jeden Frieden. Das ist die Hölle auf Erden.

Gottähnlich

Deshalb müssen wir unsere humanitären Beispiele zeigen. Indem wir gute Projekte haben, können wir andere Menschen ermutigen, denselben Weg zu gehen. Ich glaube, dass Wohltätigkeit geteilt werden sollte, damit sich mehr Menschen inspiriert fühlen, zu helfen.

Dinesh

Die Leute werden kaum helfen. Egoismus ist weit verbreitet in der Welt. Aber für diejenigen, die sensibilisiert sind, ist der Himmel näher.

Der Rauch ist niedrig. Sie zerstören die Szene und kommen aus der psychotischen Ekstase heraus. Es war eine großartige Reflexion gewesen. Jetzt würden sie zum nächsten Szenario gehen und neue Erfahrungen machen.

Im dritten Szenario

Sie gehen ein paar Schritte und sind schon im neuen Szenario. Sie errichten eine Art Hütte und sitzen in Meditationshaltung. Dann geht der Dialog weiter.

Dinesh

Wer den Weg des Guten geht, der die ganze Arbeit zum Wohle der Menschheit tut, der nie ernsthafte Fehler gemacht hat, wird begnadet genannt. Es gibt wenige Seelen auf diesem Evolutionsgrad. Was ist ihr Geheimnis? Ich glaube, mich mit einer höheren Kraft zu verbinden. Geleitet von den Wesenheiten des Guten können sie ihre Bestimmung auf Erden besser verstehen und Früchte tragen.

Gottähnlich

Bereits im Widerspruch dazu sind die Menschen, die keine Früchte haben, diejenigen, die angesichts der Schwierigkeiten des Lebens kauern. Sie bevorzugen den mühelosen Weg, zerstören, statt zu addieren. Deshalb leiden sie in spirituellen Höllen. Was fehlte ihnen?

Dinesh

Ihnen fehlte der Glaube an sie. Angesichts von Schwierigkeiten schwankten sie lieber, als eine andere Haltung einzunehmen. Es tut mir leid um sie. Aber sie werden ernten, was sie gepflanzt haben.

Gottähnlich

Wie können wir die Welt erobern?

Dinesh

Beharrlich im Glauben und im Kampf für deine Ziele. Indem sie den Weg des Guten verfolgen, werden sie in der Lage sein, einen umfassenden Überblick über die Welt zu gewinnen und die besten Entscheidungen zu treffen. Alles, was Sie tun müssen, ist, an sich selbst zu glauben.

Gottähnlich

Was ist das Erfolgsgeheimnis?

Dinesh

Authentisch zu sein. Der Mensch sollte sich niemals weigern, seine Herkunft anzuerkennen. Man muss die Schritte des Glücks erklimmen, muss hart arbeiten, um später zu ernten. Denken Sie immer daran, dass Gottes Zeit anders ist als unsere.

Gottähnlich

Was hältst du von Leuten, die so tun als ob?

Dinesh

Das ist eine große menschliche Schuld. Viele tun dies, um sich zu schützen, da sie in ihrem Leben viel gelitten haben. Diese Haltung war eine Folge des sozialen Umfelds, in das sie eingefügt wurde. Dadurch werden Ihnen wichtige soziale Erfahrungen vorenthalten.

Gottähnlich

Welche Folgen hat das?

Dinesh

Sie zerstören ihr eigenes Leben, weil sie nicht annehmen, wer sie wirklich sind. Wenn wir annehmen, wer wir sind, haben wir bereits eine Art Glück. Auch wenn die Welt gegen unsere Regeln verstößt, können wir auf individueller Ebene glücklich sein. Es ist nichts falsch daran, eigene Regeln zu haben.

Gottähnlich

Deshalb gilt bei uns das Sprichwort: Mein Leben, meine Regeln. Wir dürfen nicht zulassen, dass die Gesellschaft in unsere individuelle Freiheit eingreift. Wir müssen Rede- und Tatfreiheit haben, solange dies unserem Nächsten nicht schadet.

Die Sitzung ist beendet. Das Ritual ist rückgängig gemacht und sie fühlen sich vollständiger an. Es gab bereits bemerkenswerte Fortschritte, aber sie wollten weitere Fortschritte machen. Ziel war es, Ideen auszutauschen.

Im vierten Szenario

Ein Feuer wird angezündet. Die beiden bilden einen Lichtkreis um das Feuer und beginnen zu tanzen. Die angesammelte Energie der beiden verursacht Explosionen und sie geraten in Trance.

Dinesh

Feuer ist ein Urelement in unserem Leben. Es ist ein konstituierendes Element der Seele, des Körpers und der natürlichen Magie. Durch ihn können wir Situationen und Schicksale manipulieren. Feuer reinigt und veredelt Krieger.

Gottähnlich

Aber es ist auch etwas, das schmerzt und zerstört. Wir müssen bei seiner Manipulation vorsichtig sein, damit wir nicht verletzt werden. Wir müssen uns mit der Kraft des Feuers verbünden, um vorteilhafte Situationen zu schaffen. Also müssen wir dasselbe in den Prüfungen des Lebens tun. Wir müssen weniger kämpfen und mehr zusammenkommen. Wir müssen vergeben und weitermachen. Wir müssen gute Dinge transzendieren und aufnehmen. Es lohnt sich, wenn die Seele nicht geschwächt wird.

Dinesh

Wir müssen die Kraft des Feuers kanalisieren. Dazu müssen wir ihr Handeln in jeder der Risikosituationen geistige Schwingung. Verbunden mit unserem guten Willen können wir unser inneres Geschenk freisetzen und unser Schicksal verändern. Wir können und müssen in jeder Situation unseres Lebens handeln, wir müssen Protagonisten unserer eigenen Geschichte sein.

Gottähnlich

Wahrheit. Dieses Geistige Schwingung wird uns zeigen, wer wir sind und was wir wollen. Da wir genau wissen, was wir wollen, können wir überzeugende und nachhaltige Strategien entwickeln. Bei guter Planung sinkt die Wahrscheinlichkeit des Scheiterns erheblich.

Dinesh

Darüber hinaus wehren diejenigen, die die Macht des Feuers beherrschen, Unwissenheit ab. Denn wer Feuerexperte ist, beherrscht sich selbst, arbeitet fleißig an seinen Zielen, erfüllt seine Aufgaben und Pflichten. Wer sich so entwickelt, dass er Fehler verachtet und ihre Qualitäten lobt, wird quälend genannt.

Gottähnlich

Solche Ignoranz ist ein großes Problem. Viele lassen sich davon mitreißen und zerstören Häuser und Situationen. Wir müssen Unterschiede überwinden, unsere Routine so organisieren, dass wir unsere Siegesstrategie erleben und die Früchte unserer Plantage ernten können. Wenn die Frucht gut ist, ist das Gott wohlgefällig.

Dinesh
Damit kommen wir zum Sinn des Lebens. Die Existenz ist ein Gewirr von Situationen, die der Leistung förderlich sind. Wir müssen unsere gesamte Strategie so organisieren, dass wir Verbindungen zu anderen Lebewesen herstellen können, um unsere Weisheit, unser Bewusstsein, unseren Glauben, unsere eigene Freiheit und Lebensenergie zu entwickeln. Wir müssen in der Welt sein, um gut und zunehmend zu leben.

Gottähnlich
Daher kommt Handeln unseres freien Willens. Wir mögen eine vorteilhafte Zukunft haben, aber wir sind nicht immer vorbereitet, uns dafür zu opfern. Dies beinhaltet Lieferung, Geben, Reflexion, Harmonie, mentale Schwingung, Disposition und Argumentation. Es ist notwendig, unseren überlegenen Sinn zu erwecken und damit Beziehungen zu transformieren. Es ist zuallererst notwendig, eine Festung zu sein.

Zwischen den beiden herrscht peinliches Schweigen und das Ritual wird rückgängig gemacht. Große Wahrheiten kommen in diesen kurzen wichtigen Erfahrungen zum Vorschein. Mehr als nur zu leben, muss man experimentieren und sich weiterentwickeln. Dazu verlassen sie die Seite und gehen zum nächsten Szenario.

Im fünften Szenario

Sie räumen die Umgebung des fünften Szenarios auf. Sie platzieren Statuetten von Heiligen, gut gestaltete und blumige Vorhänge, Weihrauch mit seltenem Parfüm und einen heiligen Dolch. Mit dem Dolch gehen sie auf den Boden und der Rauch steigt auf. Sie geraten in spirituelle Ekstase.

Dinesh
Was sagst du zu Reichtum? Ich finde diese Suche nach Geld sehr flüchtig. Menschen zerstören andere, benutzen Bösewichte, um an-

deren zu schaden, böse Taten werden durch die Ziele nicht gerechtfertigt. Wir müssen diese Kette der Wichtigkeit des Geldes durchbrechen, wir müssen das wertschätzen, was wirklich wichtig ist: Nächstenliebe, Respekt, Liebe, Freundschaft, Toleranz und andere wichtige Dinge.

Gottähnlich

Geld ist wichtig, aber absolut nicht alles. Wir können Geld haben und wohltätige Taten haben. Was eine Person definiert, ist nicht ihre Kaufkraft. Menschen werden durch ihre Einstellungen und Werke definiert. Das bleibt ein ewiges Vermächtnis.

Dinesh

Zustimmen. Um die Aromen der Welt zu erleben, brauchen wir Geld. Für alles brauchen wir diese materielle Unterstützung. Das erklärt also diese verrückte Suche nach Geld. Aber das sollte nicht das einzig Wichtige sein. Wir brauchen eine neue Perspektive auf das Leben.

Gottähnlich

Geld verdienen bedeutet nicht Unehrlichkeit. Es gibt erfolgreiche Menschen. Das sollte kein Parameter für unsere Urteile sein. Aber wir müssen in den notwendigen Dingen des Lebens stehen und uns positionieren. Wir müssen immer im Leben anderer wirksam sein. Wir müssen die unreinen Dinge loswerden, um glücklich zu sein.

Dinesh

Was die Spende anbelangt, bin ich der Meinung, dass Spenden wichtiger ist als Nehmen. Die Spende provoziert in unserem Geist Empfindungen, die für die Entwicklung unseres Geistes notwendig sind. Und wer die Spende erhält, wird versorgt. Es ist ein gutes doppeltes Gefühl.

Gottähnlich

Das einzige Problem sind die falschen Bettler. Viele von ihnen sind Rentner und bitten immer wieder um Almosen. Ich habe Berichte von vielen von ihnen gesehen, die sagen, dass sie nicht arbeiten wollen, weil sie mit Almosen mehr verdienen. Dies wird als betrügerischer Handel oder Betrug bezeichnet.

Dinesh

Das passiert oft. Wir müssen dabei unglaublich vorsichtig sein. Es gibt Wölfe im Schafspelz. Wir müssen aufpassen, dass wir uns nicht täuschen lassen.

Gottähnlich

Dass diejenigen, die ehrliche Spenden erhalten, diese nicht behalten. Essen oder Gegenstände gemäß ihrer Fähigkeit zu genießen. Wenn sie zu viel bezahlt werden, tun sie es auch. Die Welt braucht diese Solidaritätsunion.

Dinesh

Möge Gott uns immer segnen. Möge Gott uns in Reichtum oder Armut bewahren, Gott uns in den Stürmen des Lebens bewahren, Gott bewahre Krankheit und ansteckende Seuchen. Wie auch immer, Gott bewahre alles Böse.

Gottähnlich

Wie sollen wir die Freuden des Lebens genießen?

Dinesh

Wir müssen die Freuden des Lebens in seinem höchsten Ausdruck genießen. Wir können nichts ablehnen, weil wir morgen nicht wissen. Diejenigen, die sich weigern, die Freuden des Lebens zu nutzen, bereuen aufrichtig. Wir müssen auch die Mysterien der Existenz erforschen. Wir müssen unsere geistlichen Gaben einsetzen und Früchte tragen. Nur dann haben wir ein erfülltes Leben.

Gottähnlich

Ja, der buddhistische Zyklus versorgt uns damit. Es befreit uns von den unsichtbaren Strömungen, die uns an niedrige Schwingungen binden. Wenn wir wissen, wie wir unseren Lebenszyklus kontrollieren können, können wir erstaunliche spirituelle Fortschritte machen.

Dinesh

Es stimmt, sie sind alternierende Zyklen. Indem wir Vergnügen genießen und auf weltliche Dinge verzichten, können wir diesen Kreislauf kultivieren. Dies schafft ein Gewirr von Dingen, das zusammen mit dem Glauben unerwartete Situationen hervorbringt. Das ist ein guter Gedanke der Weisen.

Sie kommen aus der Trance, steigen aus dem Set und gehen in die nächste Abteilung. Das Training ließ sie zunehmend wachsen.

Im sechsten Szenario

Die rituelle Zeremonie wird mit einem Bier, einem Renaissance-Gemälde und schmutziger Unterwäsche vorbereitet. Indem sie ein leuchtendes Licht um sie herum anzünden, machen sie einen schnellen Weihrauch, um in Trance gehen zu können. In ihrer Vorstellung visualisieren sie die Vergangenheit, die Vergangenheit und die Zukunft als schnelle Vögel. Dabei unterhalten sie sich miteinander.

Dinesh

In der Welt gibt es das Lebendige und das Unbelebte. Aber sie alle sind wichtige Komponenten bei der Entstehung des Universums. Jeder mit seiner Funktion sind wir Agenten der Geschichte im Laufe der Zeit. Diese Geschichte wird gerade von jedem von uns geschrieben. Es kann eine traurige Geschichte oder eine schöne Geschichte sein. Was zählt, ist der aktive Beitrag, den jeder von uns zum Universum leistet.

Gottähnlich

Ich fühle mich auf einzigartige Weise als integraler Bestandteil davon. Von den Wesenheiten Sohn Gottes genannt, war ich in der Lage, die dunkelsten Geheimnisse des Universums zu verstehen. Durch frustrierende und schmerzhafte Erfahrungen konnte ich mich spirituell weiterentwickeln und ein Experte für Weisheit werden. Ich bin aus eigener Kraft aufgewachsen. Ich habe mein Talent entwickelt, wie es die Bibel empfiehlt. Ich habe mich nicht vor der Welt versteckt. Ich nahm meine Identität an und stellte mich den gegnerischen Kräften. Sie sind Menschen, die mich zur Hölle verdammen, weil ich die von der Gesellschaft Diskriminierten unterstützt habe, ein verlassenes Volk, das mich braucht, um eine gewisse Hoffnung auf Vertretung zu haben.

Ich bin die Stimme der Ausgeschlossenen. Ich bin ihr Gott. Sich dieser Rolle in der Gesellschaft bewusst zu sein, ist grundlegend für meine schriftstellerische Karriere. Als ich das erkannte, machte alles mehr Sinn für mich. Wir sind nicht allein auf der Welt. Wir sind stark und können unseren Platz in der Welt haben, auch wenn religiöser Fanatismus uns verurteilt.

Dinesh

Es ist genau wie du gesagt hast, wir sind nicht allein. Gemeinsam können wir die Stärke haben, gegen den Gegner zu reagieren. Wir wollen unter keinen Umständen Krieg. Wir wollen Dialog und Akzeptanz. Wir wollen, dass unsere Rechte respektiert werden, weil sie uns zustehen. Kein Töten und Stalken mehr. Wir brauchen Frieden in dieser vom Virus heimgesuchten Welt. Und wissen Sie, warum das Virus in die Welt gekommen ist? Wegen menschlicher Sünde. Wir sind alle in Sünde. Nur weil Sie ein Anhänger einer Religion sind, heißt das nicht, dass Sie keine Sünde haben. Also urteile nie über den nächsten. Schauen Sie sich zuerst Ihre Fehler an und sehen Sie, wie fehlerhaft Sie sind.

Gottähnlich

Damit sind wir beim Zyklus des Buddhismus angelangt. Deine Entwicklung wird nur stattfinden, wenn Toleranz und Liebe in deinem Herzen sind. Wir müssen uns in die Lage des anderen versetzen, vergeben und nicht urteilen. Wir müssen religiösen Fanatismus stoppen. Wir müssen Gott folgen, nicht den Religionen. Es sind zwei völlig verschiedene Dinge.

Dinesh

Wahrheit. Es wird als Argument der Religionen verwendet, dass viele Böses begehen. Im Namen des Geldes verlieren viele ihre Erlösung. Es sind unsichtbare Kriege, die jeder in sich führt.

Gottähnlich

Deshalb müssen wir in allen Lebenslagen immer gute ethische Werte haben. Wir sollten keine Tiere für Sport oder religiöse Rituale töten. Wir müssen das Leben im Überfluss bewahren.

Dinesh

Das sind sündige Praktiken. Der Mensch benimmt sich wie der Herr des Universums, aber es ist eigentlich ein kleiner Punkt in der Existenz. Sogar unser Planet, der für uns riesig ist, ist ein kleiner Punkt im Universum. Seien wir also weniger stolz und einfacher.

Das Ritual ist vorbei. Jeder sammelt seine persönlichen Sachen und ruht sich aus. Es wäre die erste Nachtruhe an einem so anstrengenden Tag. Allerdings war noch ein weiter Weg zu gehen.

Im siebten Szenario

Dämmerung. Die Bande steht auf, putzt sich die Zähne, nimmt ein Bad und frühstückt. Danach sind sie vorbereitet, das spirituelle Lernen wieder aufzunehmen. Es war ein schöner Weg, der aus Begegnungen und Entdeckungen bestand. Ein Weg der Ehrlichkeit, Hingabe und Freude.

Das war das große Abenteuer des kleinen Träumers, der immer an sich geglaubt hat. Auch angesichts der großen Schwierigkeiten des Lebens dachte er nie daran, seine Kunst aufzugeben. Er träumte immer von seiner literarischen Anerkennung und jeden Tag rückte sie näher. Er freute sich einfach über all die erreichten Gnaden.

Das Paar traf sich im siebten Szenario. Sie geistige Schwingung, in Trance zu geraten, und wenn sie das tun, fangen sie an zu plappern.

Dinesh

Unser großer Führer ist Wissen. Mit dessen Hilfe können wir unsere Sachen wirklich erobern und haben größere Freiheit gewonnen. Wissen verändert unser Leben und begleitet uns ein Leben lang. Wir können unseren Job verlieren, wir können unsere große romantische Liebe verlieren, wir können unser Geld verlieren. Unser Wissen führt uns jedoch zu Sieg und Anerkennung.

Gottähnlich

Deshalb bin ich auf diesem Abenteuerpfad. Es ist ein angenehmer Weg, der mich dazu bringt, verschiedene Dinge zu lernen. Ich habe das Gefühl, dass ich jeden Moment mit jedem überwundenen Hindernis wachse. Heute bin ich ein glücklicher und erfüllter Mann.

Dinesh

Dies ist der wahre Weg der Evolution, dem wir folgen müssen. Um die höchste Evolution zu erreichen, müssen wir alle negativen Gefühle loswerden, die unseren Geist bevölkern. Wir müssen uns dafür einsetzen, anderen zu helfen, ohne Vergeltung zu erwarten. Indem wir das Geben zu einer täglichen Handlung machen, können wir uns mit der größeren Kraft des Universums verbinden. Auf diese Weise wird unser Leben sinnvoller und vollständiger.

Gottähnlich

Wahrheit. Was den Menschen zerstört, ist der Schein. Es bedeutet, sein zu wollen, was man nicht ist, eine gute Rolle in der Gesellschaft zu spielen. Diese Menschen leben einen alltäglichen Charakter, aber sie sind nicht glücklich. Wenn wir unsere Authentizität nicht leben, verlieren wir einen Teil von uns selbst.

Dinesh

Aber viele sehen es nicht. Sie ziehen es vor, dieses Märchen zu leben und dieses Gefühl der Akzeptanz zu haben. Ich verstehe sogar ihren Standpunkt. Wir leben in einer heuchlerischen und homophoben Gesellschaft. Wir leben in einer Gesellschaft, die aufgrund von Vorurteilen tötet. Warum sollte ich dann mein eigenes Leben riskieren? Wäre es nicht besser, ein Doppelleben zu führen und glücklich zu sein? Ich verzeihe diesen Leuten nicht.

Gottähnlich

Dies ist die Frucht religiöser Militanz. Diese Sekten setzen uns Regeln auf, die sie nicht einmal einhalten. Das zerstört unser Glück. Aber ich habe dieses Paradigma gebrochen. Ich habe mich entschieden, frei zu sein und meine eigenen Regeln aufzustellen. Also, ich fühle mich glücklich.

Sie sind beide begeistert. Es waren Jahrzehnte des Leidens und der religiösen Entfremdung. Jeder dort hatte seine eigene Geschichte. Nichts war einfach. Erst nach und nach entdeckten sie die wahre Freude am Leben. Das war eine fantastische Leistung.

Einen Augenblick später beenden sie das Ritual und begeben sich zum nächsten Szenario. Es gab viel zu probieren.

Im achten Szenario

Im neuen Szenario sind sie entspannt. Verjüngt durch neue Erfahrungen versuchten sie, das Universum und sich selbst ein wenig besser zu verstehen. Dieser Erkenntnisprozess war grundlegend für die Ausarbeitung neuer Strategien.

Ein neues Ritual beginnt. Sie bilden ein magisches Quadrat und stellen sich in dessen Mitte.

Dinesh
Zur Frage unserer Bemühungen und unserer Arbeit. Um uns abzuheben, müssen wir der Qualität unserer Arbeit Priorität einräumen. Eine gut gemachte Arbeit löst Komplimente aus. Eine Arbeit mit Werten wie Ehrlichkeit, Würde, Nächstenliebe und Toleranz werden weithin gelobt. Deshalb müssen wir diesen Unterschied in der Welt machen.

Gottähnlich
Zustimmen. Schauen wir uns mein Beispiel an. Ich bin ein junger Arbeiter, ich habe meine künstlerische Seite, ich bin wohltätig, ich unterstütze die Familie, ich kämpfe für meine Träume. Aber auf der anderen Seite sind andere Menschen egoistisch, kleinlich und helfen einander nicht. Deshalb entwickelt sich die Welt nicht. Wir brauchen mehr Taten und weniger Versprechungen.

Dinesh

Sie sind ein Beispiel. Trotz all der Verantwortung, die Sie haben, haben Sie Ihre Träume nie aufgegeben. Sie sind eine sehr menschliche Person, die ein Vorbild für andere sein muss. Das sollten wir üben. Sich von materiellen Dingen zu lösen, mehr Freude an einfachen Dingen zu haben, weniger zu verlangen und mehr zu tun. Der Experte für Ihre Geschichte zu sein, ist für den Aufbau Ihrer eigenen Identität unerlässlich.

Gottähnlich
Dies läuft darauf hinaus, weniger materialistisch und praktischer zu sein. Wir müssen eine andere Einstellung zum Leben haben. Wertschätzen, was wirklich zählt.

Dinesh
Aber dann kommt die Frage nach der Willensfreiheit. Menschen sind keine Roboter. Sie haben das Recht, den Weg zu wählen, der für sie am besten ist. Wir können niemandem Regeln aufstellen. Ich denke also, dass die Welt mit ihren Übeln weitermachen wird. Es ist einfacher, das Böse als das Gute zu wählen.

Gottähnlich
Unbedingt. Unsere Rolle ist nur zu führen. Niemand ist zu irgendetwas verpflichtet. Diese Freiheit führt uns ins Nirwana. Diese Freiheit ist unsere eigene Marke. Das müssen wir immer zu schätzen wissen.

Dinesh
Wahrheit. Wir müssen diese Momente im Leben aufbauen. Wir müssen uns mit anderen Menschen verbinden, Erfahrungen austauschen, Neues aufnehmen und Altes ausschließen, das in unserem Leben nichts mehr ausmacht. Das ist das Prinzip der Erneuerung des Lebens.

Gottähnlich
Mit dieser Regeneration sind wir zu höheren Flügen fähig. Wir können uns einfach vergeben, weitermachen und neue Situationen aufbauen. Wir können unsere Meinung ändern und andere aus einer anderen Perspektive sehen. Wir können in diesen schwierigen Zeiten

mehr Vertrauen in die Menschheit haben. Wir können wieder versuchen, glücklich zu sein.

Das Gespräch wird unterbrochen. Es liegt eine leichte Fremdheit in der Luft. Ihre Gedanken drehen sich wie unausgeglichene Vögel. Es gibt eine große Fülle von Gefühlen, Empfindungen, Freude, Verjüngung, Herrlichkeit, Harmonie, Vergnügen und Einsamkeit. Wir mussten auf die Zeichen achten, die uns das Leben gibt. In der Hoffnung, die Welt zu verändern, musste man an seine Fähigkeiten glauben. Es hat viel mehr gedauert, als sie erwartet hatten. Und so endet das Ritual damit, dass sie sich entscheiden, die Arbeit zu beenden. Sie kannten den richtigen Zeitpunkt, um aufzugeben.

Der reiche Bauer und die bescheidene junge Frau

Abschied

Bergdorf, 2. Januar 1953

Rose war eine bescheidene junge Frau von ungefähr achtzehn Jahren. Sie war das schönste und begehrteste Mädchen in der Region. Ich war mit Peter verlobt, deiner großen Liebe. Nur die finanzielle Situation Ihrer Familie war nicht gut. Es war eine Zeit großer Dürre, und alle litten ohne staatliche Investitionen. Millionen kämpften ums Überleben und es fehlte an Nahrung und Wasser.

Damals gab es ein Treffen mit der Familie der Braut, um spezifische Probleme zu lösen. Rose, Onofre (Rose Vater), Magdalene (Rose Mutter) und Peter (Rose Verlobter) waren bei dem Treffen.

Onofre
Warum haben Sie dieses Treffen arrangiert? Planen Sie etwas?

Peter

Ich möchte eine Entscheidung mitteilen. Ich habe einen Job in Sao Paulo, und ich werde mich ändern müssen. Wenn ich zurückkomme, werde ich die Hochzeit organisieren.

Onofre

OK. Solange Sie meine Tochter respektieren. Wir wissen, dass die Entfernung dem Leben eines Paares im Wege steht.

Peter

Verstehe. Ich für meinen Teil werde den Deal einhalten. Ich gehe arbeiten, um Geld für die Hochzeit zu bekommen. Ist das nicht großartig, meine Liebe?

Rose

Es wird großartig sein. Das brauchen wir. Das Schlimme ist, ich werde dich so sehr vermissen. Ich liebe dich sehr, meine Liebe. Unser Gefühl ist wahr. Das dürfen wir nicht verpassen, okay?

Peter

Ich verspreche, ich werde sie nicht vergessen. Ich korrespondiere per Brief, okay?

Rose

Ich werde mich darauf freuen.

Magdalena

Alles Glück für euch beide. Aber wird es funktionieren?

Peter

Vertrauen Sie mir darauf. Ich werde versuchen, mich so schnell wie möglich zurückzumelden. Bleibt in Frieden und bei Gott.

Sie umarmen sich. Es war der letzte Körperkontakt vor der Reise. Eine Menge Gedanken gehen diesem durch den Kopf. Er versucht, sich in einem Umfeld der Unsicherheit zu beruhigen. Aber er war fest entschlossen, auszuziehen und sein Glück zu versuchen. Nachdem Sie sich verabschiedet haben, wird der Junge den Bus nehmen. Ziel war der wirtschaftlich besser gestellte Südosten des Landes.

Arbeiten an der Bar

Es war Party in der Bar im Stadtteil Bergdorf. Sie feierten die Hochzeit eines der wichtigsten Männer des Dorfes. Um etwas Geld zu verdienen, arbeitete Rose als Kellnerin.

Da rief sie ein Schwarzer an.

Garcia
Bitte, Miss, bringen Sie mir noch etwas Bier und Barbecue.

Rose
Alles klar Sir. Ich bin hier, um Ihnen zu dienen.

Garcia
Vielen Dank. Aber was bringt eine so schöne junge Frau dazu, so zu arbeiten?

Rose
Ich muss arbeiten, um meinen Eltern zu helfen. Mein Verlobter ging nach Sao Paulo, und ich war allein.

Garcia
Er ist ein großer Narr. Du hast eine Jungfrau allein gelassen? Möchtest du mich zu meiner Farm begleiten? Ich fühle mich so traurig auf dieser Farm. Ich habe niemanden zum Reden.

Rose
Ich kann das nicht tun. Ich habe einen Termin mit meiner Verlobten. Wenn ich das täte, würde ich meinen Ruf in der Gesellschaft ruinieren.

Garcia
Verstehe. Ich werde dich nicht anlügen. Ich bin verheiratet, aber meine Frauen sind in der Hauptstadt. Meine Ehe mit ihr läuft nicht gut. Ich schwöre dir, wenn du mich akzeptieren würdest, würde ich dich verlassen und dich heiraten. Ich meine es ernst.

Rose
Sir, ich habe Prinzipien. Ich bin eine ehrbare Frau. Lass mich einfach in Ruhe, okay?

Garcia

Ich verstehe. Aber da Sie Arbeit brauchen, lade ich Sie ein, auf meiner Farm aufzuräumen. Etwas Geld wird Ihnen helfen, nicht wahr?
Rose
Das ist die Wahrheit. Ich akzeptiere Ihren Vorschlag. Jetzt muss ich zu einem anderen Kunden.
Garcia
Du kannst in Frieden gehen, Liebling.

Rose geht weg und der Bauer beobachtet ihn weiter. Es war Liebe auf den ersten Blick, auf eine Weise, die er nicht erwartet hatte. Auch wenn es gegen die damaligen gesellschaftlichen Konventionen verstoßen würde, würde er alles tun, um seinen Wunsch zu erfüllen. Ich würde Ihre Finanzkraft zu Ihrem Vorteil nutzen.
Rat

Nachdem der Bauer gegangen ist, ruft ein Kollege Rose an, um mit ihr zu reden. Es scheint, dass diese Person die Situation bemerkt hatte.
Andreas
Was für eine schöne Bäuerin, nicht wahr, Frau? Hey, was geht? Wirst du ihm eine Chance geben?
Rose
Bist du verrückt, Frau? Weißt du nicht, dass ich einen Termin habe?
Andreas
Hör auf herumzualbern. Dieser Mann ist außerordentlich reich und mächtig. Wenn du ihn heiratest, wirst du nie wieder wissen, was Elend ist. Sie müssen nicht mehr an dieser Bar arbeiten. Denk darüber nach. Dies ist Ihre einzige Chance, Ihr Leben zu ändern.
Rose
Aber ich liebe meinen Verlobten. Wie kann ich dich so verraten?
Andreas
Liebe tötet deinen Hunger nicht. Denken Sie zuallererst an sich selbst, Ihre finanzielle Sicherheit. Mit der Zeit lernt man den Bauern zu mögen. Und das Beste: Sie haben ein Leben in finanzieller Sicherheit.

Wenn ich du wäre, würde ich nicht lange überlegen und dieses Angebot annehmen.

Rose war nachdenklich. Beim zweiten Nachdenken lag Ihr Kollege nicht falsch. Welche Zukunft hättest du neben einem armen Mann? Und das Schlimmste ist, er war zu weit weg. Andererseits waren seine Eltern eng mit gesellschaftlichen Regeln verbunden. Es wäre nicht einfach, eine solche Liebe anzunehmen.

Rose

Danke für den Hinweis. Ich werde an alles denken, was du gesagt hast.

Andreas

In Ordnung, mein Freund. Sie haben meine volle Unterstützung.

Sie sind beide wieder bei der Arbeit. Es war ein arbeitsreicher Tag voller Kunden. Am Ende des Tages verabschiedet sich Rose und geht nach Hause. Sie würde an alles denken, was ihr passiert war.

Familienessen

Arbeit auf dem Bauernhof

Rose kommt vor dem großen Bauernhaus an. Es war ein imposantes Gebäude, lang und breit von großer Länge. In diesem Moment erfüllt eine Qual dein Wesen. Was würde passieren? Welche Absichten hätte Ihr Chef? Wäre er ein guter Mensch? Sein Verstand wimmelte von unbeantworteten Gedanken. Sie nimmt ihren Mut zusammen, geht zur Tür, klingelt und hofft auf Antwort.

Putzkraft

Was wollen Sie, Madam?

Rose

Ich kam, um einen Job für den Eigentümer des Hauses zu erledigen. Könnte ich reinkommen?

Putzkraft

Natürlich tue ich das. Ich werde mit ihr gehen.

Beide betreten das Haus und gehen in den Hauptraum. Darin wartete bereits der reiche Bauer.

Garcia

Was für eine Freude, unsere liebe Rose zu sehen! Ich habe gespannt gewartet. Wie geht es dir, mein Geliebter?

Rose

Ich bin zur Arbeit gekommen. Mir geht's gut. Danke für Ihre Fürsorge.

Garcia

Sophie, geh in die Stadt shoppen und halte dich dort lange auf. Komm einfach heute Abend wieder.

Sophie

Ich gehe, Boss. Ihre Bestellungen werden immer ausgeführt.

Rose nahm den Besen und das Tuch, um das Haus zu reinigen. Er begann bei seiner Arbeit hektische Bewegungen zu machen. Aber bald näherte sich der Bauer. Er nahm seine Arbeitsutensilien und behielt sie. Rose schauderte, aber sie sehnte sich auch nach diesem Moment. Sanft nahm ihr Chef sie auf ihren Schoß und brachte sie in ihr Zimmer. Das Liebesritual begann und er war vorbereitet, ihr die Jungfräulichkeit zu nehmen. Rose vergisst alles und gibt sich dieser Leidenschaft hin. Sie geraten in eine Art hypnotische Trance. Das Einzige, was ihn interessierte, war Vergnügen.

Es war ein Tag der Verbundenheit zwischen den beiden und von viel Liebe. Alle bisherigen Konzepte waren gefallen. Sie hatten keine Angst. Sie waren in überwältigender Leidenschaft.

Garcia

Ich möchte eine sinnvolle Beziehung mit dir. Ich bin vorbereitet, meine Frau zu verlassen. Heutzutage sind sie und ich nur noch Freunde. Glaub mir, ich mochte dich wirklich.

Rose

Ich gestehe, ich fühle mich auch zu dir hingezogen. Ich möchte diese Beziehung wirklich annehmen. Aber wie machen wir das? Meine Familie würde nicht zustimmen.

Garcia

Sie können es mir überlassen. Ich kümmere mich um alle Betrügereien. Beenden Sie die Beziehung mit Ihrem Verlobten und ich kümmere mich um den Rest.

Rose

Gut. Ich habe unseren Tag sehr geliebt. Ich muss jetzt gehen, damit andere Leute keinen Verdacht schöpfen.

Garcia

Geh in Frieden, meine Liebe. Ich werde dich bald sehen. Ich muss jetzt auch arbeiten.

Die beiden Teile mit der konsolidierten Beziehung. Was unmöglich schien, war wahr geworden. Lassen Sie uns mit der Erzählung fortfahren.

Familientreffen

Der Bauer war auf die Beziehung zu Rose bedacht. Um die Beziehung zu festigen, schlug er ein Treffen mit der Familie vor, um bestimmte Fragen zu besprechen.

Garcia

Ich bin hier bei diesem Treffen mit dem Ziel, meine Beziehung zu Rose bekannt zu geben. Ich möchte Ihre Erlaubnis, dieses Ziel zu erreichen.

Onofre

Du bist ein verheirateter Typ. Es ist in den Augen der Gesellschaft nicht angenehm, dass sich eine ehrbare Tochter mit einem verheirateten Mann einlässt.

Rose

Aber wir lieben uns, Dad. Ich habe meine Verlobung bereits beendet und er ist tatsächlich von seiner Frau getrennt. Was willst du noch?

Onofre

Ich möchte, dass du Scham erzeugst. Ich möchte, dass Sie sich wie eine respektvolle Frau verhalten. Du verdienst so viel mehr, Kind. Du bist eine unglaublich wertvolle junge Frau.

Rose

Ich bin eine großartige Frau. Aber ich bin in einen wunderbaren Mann verliebt. Ich liebe ihn wirklich. Was sagst du, Mama?

Magdalena

Es tut mir leid, mein Kind. Aber ich stimme meinem Mann zu. Sie müssen Ihren Ruf wahren. Vergiss diesen Mann und hol dir einen Single-Mann.

Rose

Ich bin traurig, so traditionelle Eltern zu haben. Ich akzeptiere nicht.

Garcia

Ich habe deinen Standpunkt verstanden. Aber ich denke, sie liegen falsch. Ich werde dir immer noch meinen Wert zeigen. Das ist nicht das Ende. Ich glaube immer noch an unser Glück, meine Liebe.

Rose

Ich glaube es auch. Ich werde dich immer noch davon überzeugen, dass du falsch liegst.

Onofre

Ich bin irreduzibel. Du kannst gehen, Junge. Sie haben bereits Ihre Antwort.

Henriques geht sichtlich unzufrieden ab. Sein Schlichtungsversuch war gescheitert. Das Scheitern hat ihn sehr bewegt. Aber es war etwas zu reflektieren und eine neue Strategie zu planen. Solange es Leben gab, gab es Hoffnung.

Bräutigam geehrt

Die Situation mit dem Freund war schrecklich. Sie durften sich nicht treffen und litten zu sehr unter dem Missverständnis der Familie.

Es waren dunkle und bedrückende Tage. Warum sollten wir solch altmodischen Beziehungsregeln folgen? Warum können wir nicht einfach frei sein und unsere Wünsche erfüllen? Das war der Gedanke der beiden trotz so vieler Hindernisse.

Es dachte so, dass der Bauer beschloss zu handeln. Er schrieb einen Brief, weinte viel und stellte einen Postboten ein. Der Mitarbeiter ging, um die Arbeit zu erledigen. Nach kurzer Zeit stand ich vor Roses Haus. Er klatscht und wartet darauf, angesprochen zu werden. Eine Person im Haus taucht auf.

Postarbeiter

He, junger Mann. Bist du Rosa? Ich habe eine Mail für dich.

Rose

Ja. Ich danke dir sehr.

Die junge Frau nahm den Brief und kehrte ins Haus zurück, wo sie sich im Zimmer einschloss. Mit Tränen in den Augen beginnt sie den Text zu lesen.

Bergdorf, 5. Dezember 1953

Hallo Rose. Ich schreibe, um Ihrer Familie meine Empörung darüber zu offenbaren, dass sie unsere Beziehung verboten hat. Ich bin unglaublich traurig darüber, ich liebe dich über alles. Ich wollte mit dir eine Familie gründen. Ich wollte dich aus deiner finanziellen Misere herausholen.

Ich glaube nicht, dass das Leben fair zu uns war. Ich frage mich, ob es einen anderen Ausweg für uns geben würde. Möchten Sie unserer Liebe eine zweite Chance geben? Hätten Sie den Mut, das anzunehmen? Denn wenn du willst, schwöre ich dir, ich werde vor dir weglaufen, bis es besser wird. Aber man muss es kalt analysieren und wissen, was am wichtigsten ist. Wenn Ihre Antwort ja ist, können Sie hierher zur Farm kommen, und alles ist vorbereitet für unsere Reise. Ich erwarte Sie heute.

Mit herzlichen Grüßen, Henriques Garcia

Rose bleibt statisch. Was für ein unglaublicher und mutiger Vorschlag. In diesem Moment geht ein Wirbelsturm von Emotionen durch deinen Kopf. Es ist genug Zeit für sie, um nachzudenken und eine endgültige Entscheidung zu treffen. Seine Eltern waren zur Arbeit gegangen und nutzten die Gelegenheit, um den Brief zu schreiben, in dem sie seine Entscheidung erklärten. Dann packte er seine Koffer mit dem Nötigsten und ging. Es ist wie das Sprichwort: "Wir sind frei."

Rose mietet sich auf dem Weg aus dem Haus einen Kinderwagen und zittert vor Angst. Ich hatte gleichzeitig viele Emotionen. Es war keine leichte Entscheidung. Sie gab eine gefestigte familiäre Beziehung auf, um das Risiko einzugehen, eine liebevolle Beziehung einzugehen. Was hätte sie dazu bewogen? Es ist nicht sicher bekannt. Aber der finanzielle Faktor in Verbindung mit dem großen gebildeten Mann, dass dieser Bauer wahrscheinlich gute Gründe für sie waren, sich auf dieses waghalsige Abenteuer einzulassen. Würde es sich lohnen? Nur die Zeit würde die Antworten auf diese Frage haben. Im Moment wollte sie diese Freiheit nur nutzen, um zu versuchen, glücklich zu sein.

Während das Fahrzeug vorfährt, kann sie schon versuchen, sich die Tränen wegzuwischen. Sie musste stark sein, um die Folgen dieser Entscheidung zu tragen. Zu diesen Folgen gehörten die Kritik an der Gesellschaft und die Verfolgung durch die Familie. Aber wer hat gesagt, dass es sie interessiert? Wenn wir an die Meinung anderer denken, werden wir nie die Autonomie haben, unser eigenes Leben zu lenken. Wir werden unsere Geschichte niemals in Angst schreiben. So beruhigte ihn eine gewisse persönliche Sicherheit sehr.

Der Buggy kommt auf dem Hof an, sie bezahlt den Fahrer und steigt aus dem Fahrzeug. Als sie den Lärm draußen hört, kommt ihr Partner ihr entgegen. Es war alles klar. Die beiden steigen in ein anderes Fahrzeug und beginnen die Fahrt. Zum Glück, so Gott will.

Die Reise

Beginnt die Reise auf der unbefestigten Straße, die Bergdorf mit der Stadt Weißer Fluss verbindet. Das Wetter ist warm, die Straße verlassen und sie sind mit hoher Geschwindigkeit unterwegs. Zurück sind alle Familie, Freunde und Erinnerung. In Zukunft wird die Beziehung der beiden visualisiert, bis dahin von der Gesellschaft verboten.

Garcia
Wie fühlst du dich, mein Geliebter? Brauchst du irgendetwas?

Rose
Ich fühle mich gut. Hier bei dir zu sein tröstet mich. Ich bin kein Kind mehr, das so viel Reue empfindet. Plötzlich geht mir eine Bilderfolge durch den Kopf. Hier zu sein bedeutet, gegen Intoleranz zu kämpfen, für meine Freiheit und Lebensfreude zu kämpfen.

Garcia
Verstehe. Ich freue mich, Teil dieser Veränderung zu sein. Wir werden einen Monat in Weißer Fluss sein. Danach gingen wir zurück zum Hof. Sie werden gezwungen sein, uns zu akzeptieren.

Rose
Hoffnung. Ich hoffe, Ihre Strategie funktioniert. Wir mussten diese Chance bekommen. Was ist mit deiner anderen Familie?

Garcia
Ich bin bereits im Trennungsprozess. Ich werde die Hälfte meines Nachlasses mit meiner alten Frau teilen. Aber ich bin nicht verpflichtet, mit ihr verheiratet zu bleiben. Es waren Jahre voller Freude und Hingabe an unsere Ehe, aber ich hatte das Gefühl, dass ich unser Leiden beenden musste. Wir haben viele Leute rausgeholt.

Rose
Dadurch fühle ich mich weniger schuldig. Ich möchte kein Heimwerker sein. Ich möchte nur meinen Platz in der Welt finden und wenn es bedeutet, an deiner Seite zu sein, wenn das mein Glück ist, akzeptiere ich, dass das Universum mich bereitgestellt hat. Aber zu keinem Zeitpunkt wollte ich jemanden zerstören.

Garcia

Keine Sorge, ich bin gleich wieder da. Ich bin derjenige, der sich freiwillig von ihr getrennt hat. Niemand kann uns beurteilen. Seit ich dich kennengelernt habe, bin ich von dir verzaubert. Von da an warst du mein Ziel. Ich würde mich nicht anstrengen, um das zu erreichen. So sehr alle gegen unsere Beziehung sind, niemand kann sie stoppen. Es war dieses Treffen in unser Schicksal geschrieben, Es wurde geschrieben!

Rose

Dafür bin ich dem Universum dankbar. Ich möchte bald nach Weißer Fluss kommen. Ich möchte dich besser kennenlernen. Alle anderen sind mir egal. Es sind nur wir zwei im Universum, zwei Geschöpfe, die sich ergänzen und lieben. Unsere Liebe reicht aus, um das Spirituelle Ekstase zu erreichen. Verantwortlich dafür ist dieser Zauber der Liebe, der uns umgibt.

Garcia

So sei es, Liebling. Ich liebe dich absolut.

Sie kommen weiter allein auf dieser staubigen Straße voran. Was hat das Schicksal für Sie beide vorbereitet? Keiner von ihnen wusste es. Sie gaben sich nur einer mächtigen Energie hin, die sie durch die Dunkelheit führte. Kein Böses würde sich fürchten, denn die Liebe war die stärkste Kraft, die es gibt. Es wäre alles wert, nur weil der eine den anderen will. Sie mussten das Leben auf die bestmögliche Weise genießen und würden nicht von einer Gesellschaft diktiert werden, die sie daran hindern würde, ihre Wahrheiten zu befriedigen. Sie hatten ihre eigenen Regeln, und ihre individuelle Freiheit war größer als alles andere.

Dessen bewusst, schreiten sie auf diesen wunderbaren Straßen im Inneren von brasilianischem Nordosten voran. Es gab Steine, Dornen, kulturelle Elemente, Landsleute, Fauna, Flora und einen großen Staub. Dieses Szenario war eines der authentischsten der Welt. Die Zukunft wartete mit offenen Armen auf sie.

Ein Monat in der Stadt Weißer Fluss

Die Hochzeitsnacht des Paares begann auf einer Farm in der Nähe der Stadt Weißer Fluss. Es war der am meisten erwartete Moment der Intimität des Paares. Sie gaben sich ganz der Liebe hin, in einem Tanz von Körper und Geist. Während des Geschlechtsaktes gerieten sie in Trance und reisten in nie zuvor gesehene Welten. Das ist die Magie der Liebe, die in der Lage ist, die Grenzen der Vorstellungskraft zu überwinden.

Nach dem Geschlechtsakt ist es ein Moment der Ruhe und Ekstase.

Rose

Es war das Beste, was mir je passiert ist. Ich hätte nie gedacht, dass es so fantastisch ist, meine Jungfräulichkeit zu verlieren. Ich sehe jetzt, dass ich töricht war, so viel Zeit damit zu verschwenden, darauf zu warten.

Garcia

Ja, Schatz. Darauf warte ich auch schon lange. Ich sehe, ich hatte Recht. Du bist die interessanteste Frau, die ich je getroffen habe. Ich will dich für mein ganzes Leben.

Rose

Bekommen wir unsere Kinder?

Garcia

Ich möchte viele Kinder mit dir haben und dich durch deine Karriere begleiten. Ich verspreche dir, wir werden glücklich sein, auch wenn wir glücklich sein werden, auch wenn wir gegen alle kämpfen werden.

Rose

Du beruhigst mich sehr. Ich bin vorbereitet, diese Verpflichtung einzugehen. Allmählich komme ich in den Rhythmus der Situation.

Garcia

Vielen Dank. Ich fühle mich unglaublich glücklich. Ich muss jetzt auf dem Bauernhof arbeiten. Kümmere dich um die Hausarbeit. Ich bin gleich wieder da.

Rose

Sie können es mir überlassen.

Die beiden verabschieden sich, wobei jeder seinen Verpflichtungen nachkommen wird. Während sie an ihrer Arbeit arbeitete, dachte Rose über alles nach, was mit ihrem Leben zu tun hatte. Um seine Flugbahn zu ändern, war es nur eine kleine Entscheidung, die große Veränderungen verursachte. Sie hatte nur an sich gedacht, zum Schaden des Willens ihrer Familie. Denn wenn wir an die Meinung anderer denken, werden wir nie wirklich glücklich.

Der Bauer kommt zurück und sie treffen sich in der Küche wieder.

Rose

Wie war dein Arbeitstag?

Garcia

Das waren viele berufliche Verpflichtungen. Ich bin sehr müde. Was hast du zum Abendessen zubereitet?

Rose

Ich habe Gemüsesuppe gemacht. Magst du es?

Garcia

Ich liebe. Du hast ein immenses Kochtalent. Jetzt sind Sie dran. Wie hast du den Tag zu Hause verbracht?

Rose

Ich habe mich um jedes Detail der Sauberkeit, des Essens und der Organisation der Mitarbeiter gekümmert. Ich bin ein sehr vollkommener Mensch. Unsere Diener lobten mich. Ich habe einen guten Eindruck auf sie gemacht.

Garcia

Wunderbar, meine Liebe. Ich wusste, dass ich die richtige Person gefunden hatte. Du bist eine gute Ehefrau und Putzfrau. Jetzt will ich mehr Spaß haben. Sollen wir ins Schlafzimmer gehen?

Rose

Ja. Auf diesen Moment habe ich gewartet. Ich möchte mehr über die Magie der Liebe erfahren.

Die beiden verließen die Küche und gingen zusammen ins Bett. Es begann eine neue Hochzeitsnacht. Sie waren kürzlich verlobt und mussten diese ersten Momente intensiv genießen. Inzwischen scheint die Welt zusammenzubrechen.

Reaktion der Familie Rose

Nachdem Roses Familie den Brief ihrer Tochter gelesen hatte, war sie bestürzt. Wie konnte dieser Verrat so pervers sein? Mit dieser Einstellung hatte sie das jahrelange Ansehen der Familie und den Respekt in der Gesellschaft einfach weggeworfen. Um zu verhindern, dass dies zu etwas Ernsterem führt, bereitete Onofre (Rose Vater) seinen Koffer vor, stieg auf das Pferd und ging seiner Tochter nach.

Laut Informationen eines Freundes würde Rose auf einer Farm in Weißer Fluss leben. Also ging er. Er nahm die unbefestigte Straße und machte sich auf die Suche nach seinem Ziel. In seinem aufgewühlten Geist gingen schrecklich traurige Dinge vor sich. Sein Wunsch war Rache, Grausamkeit und viel Wut.

Er war unzufrieden. Schon in jungen Jahren hatte er darum gekämpft, zu arbeiten, um seiner Tochter das Beste zu geben. Er hatte die besten Gebote und Regeln gelehrt, die von einem guten Mädchen befolgt werden sollten. Es sah jedoch so aus, als hätte sie alles weggeworfen. Hat sie es wegen des Geldes getan? Das wäre eine unverzeihliche und kleinliche Haltung. Ein Angriff auf die Würde der Familie.

Da er sich dessen nicht sicher ist, geht er den Schotterweg hinunter. Angesichts des nordöstlichen Szenarios durchlebt er seltsame Empfindungen, die ihn beunruhigen. Wird die Tochter ihren unabhängigen und mutigen Geist erben? Er erinnert sich an seine Vergangenheit mit seinen gelebten Leidenschaften. Er hatte das Leben wirklich genossen, aber die Liebe seines Lebens aufgrund gesellschaftlicher Regeln verloren. War er glücklich? Irgendwie fühlte er sich glücklich. Aber es war kein vollkommenes Glück. Er hatte seine wahre Liebe verloren und das hinterließ Narben in seinem Backcountry-Herz. Es war nie dasselbe.

Als ich weiter vorrückte, war ich vorbereitet, den Mann zu konfrontieren, der Ihre Tochter ausgeraubt hatte. Er blieb ruhig und vorsichtig. Aber die Realität ist, ich war wütend. Er fühlte sich von diesem Paar betrogen. Es war ein Gefühl von Frustration, Scham und Ungehorsam. Du musstest einen Ideenkampf machen.

Mit diesem Wissen nähert er sich wenig später bereits dem Hof. Am Eingang des Grundstücks weist er sich aus und der Bauer schlägt vor, es zu erhalten. Das Paar und der Besucher treffen sich im Wohnzimmer des großen Hauses.

Onofre

Ich bin verärgert. Ihr seid wie Banditen davongelaufen. Sie haben für uns alle eine sehr heikle Situation geschaffen. Was war das verrückt? Warum sollten sie das tun?

Garcia

Das war der einzige Ausweg. Du hast so getan, als würde deine Tochter dir gehören. Aber so ist es nicht. Kinder haben das Recht, über ihr Leben selbst zu entscheiden. Ich war die Wahl Ihrer Tochter und wir lieben uns. Wir werden sowieso eine Familie gründen. Dafür benötigen wir Ihre Zustimmung nicht. Das möchte ich klarstellen.

Rose

Ich fühlte mich schlecht, weil ich weggelaufen war. Aber ich bin nicht dein Gefangener, Dad. Ich habe den freien Geist. Ich wollte einfach etwas anderes in meinem Leben ausprobieren. Ich habe das Leben, das mein Mann mir bieten kann, wirklich genossen. Ich habe das Leben satt, das ich führte. Nicht nur in der Finanzfrage, sondern auch in der Frage meiner eigenen Unabhängigkeit. Bei ihm fühle ich mich sicher.

Onofre

Ich verstehe das. Aber was ich befürchtet hatte, ist passiert. Sie sind die Lachnummer der Gesellschaft. Alle kritisieren uns für die Zerstörung von Häusern. Dieser Mann, er hatte eine Frau und Kinder. Es ist keine einfache Situation.

Garcia

Wir alle haben das Recht, einen Fehler zu machen, Sir. Ich war falsch, meine erste Ehe zu wählen, und ich war unglücklich. Als ich Ihre Tochter kennenlernte, verliebte ich mich. Ich hatte keine Zweifel. Ich wollte mein Leben neu beginnen. Ich glaube nicht, dass irgendjemand über uns beide urteilen kann.

Rose

Ich hätte nie gedacht, dass es einfach sein würde. Aber ich kann nicht von der Meinung anderer Menschen leben. Ich bin unglaublich glücklich neben meinem Mann. Wir ergänzen uns beide. Wir sind bereits Mann und Frau.

Onofre

Meinst du, du hattest Sex? Es ist also ein Weg ohne Wiederkehr. Wenn der Schaden angerichtet ist, bleibt nur die Annahme. Wirst du meine Tochter heiraten?

Garcia

Ja, ich habe vor, das bald zu tun. Wir haben bereits eine Ehebeziehung. Alles, was noch zu tun ist, ist es offiziell zu machen. Was sagst du dazu? Wie wäre es, wenn wir uns versöhnen?

Rose

Deine Zustimmung wäre mir besonders wichtig, Dad. Ich wollte nicht mit meiner eigenen Familie in Konflikt geraten. Wenn du uns akzeptierst, wäre mein Glück vollkommen.

Onofre

Ich habe keine Wahl. Du kannst zurück nach Bergdorf gehen. Ich werde diese Hochzeit segnen. Aber ich habe eine Forderung. Wenn Sie meine Familie leiden lassen, können Sie sicher sein, dass Sie keinen erfolgreichen Abschluss haben werden.

Garcia

Ich würde niemals die Person verletzen, die ich liebe. Ich verspreche, dich für den Rest meines Lebens zu ehren.

Rose

Vielen Dank, Papa. Wir kehren in unsere Heimat zurück. Ich möchte, dass meine Kinder an deiner Seite aufwachsen. Ich liebe dich; Ich liebe dich.

Die drei standen auf und umarmten sich. Es tut mir leid, dass das Treffen ein Erfolg war. Machen Sie jetzt einfach mit Ihrem Leben weiter und stellen Sie sich den Hindernissen, die auftauchen würden.

Rückkehr nach Bergdorf

Nachdem das Beziehungsproblem gelöst war, kehrte das Paar auf die Farm in Bergdorf zurück. Auf diese Weise begann für sie alle ein neuer Lebenszyklus. Glücklich versammelten sie die Familie, um diese Vereinigung zu feiern.

Magdalena

Ich hatte nicht erwartet, das zu erkennen, aber ihr zwei seid ein wunderschönes Paar. Du hast eine wunderbare Melodie, die viel Freude bereitet. Herzlichen Glückwunsch, meine Lieben.

Rose

Vielen Dank, Mama. Darüber bin ich unglaublich glücklich und erfreut. Ihre Unterstützung zu haben, ist alles, was ich wollte. Du hast vollkommen recht. Ich bin unglaublich glücklich neben meinem Mann.

Garcia

Ich schätze Ihre Beobachtung sehr, Schwiegermutter. Ich bin froh, dass du erkannt hast, dass wir eine wahre Liebe zwischen uns haben.

Onofre

Ich bestätige die Worte meiner Frau. Ich entschuldige mich für unsere Meinungsverschiedenheiten. Du bist ein guter Mann. Wann kommt diese Hochzeit?

Garcia

Ich möchte Ende dieses Jahres heiraten. Wir feiern eine große Party. Jeder sollte teilnehmen. Es wird ein unvergesslicher Tag für alle, der Tag der Verwirklichung unserer Union.

Rose

Ich werde es einrichten. Ich liebe es Partys zu organisieren. Es wird der glücklichste Tag meines Lebens.

Alle applaudieren und stoßen mit Bier an. Das Leben ist ein großes Riesenrad. Nichts ist endgültig. In einem Augenblick kann sich alles in Ihr Leben verwandeln. Was heute schlecht ist, könnte sich in der Zukunft in eine Ruhe verwandeln. Lasst uns also unsere Fehler nicht bereuen. Sie dienen dem Lernen und der Entwicklung neuer Strategien. Das Wichtigste ist, unsere Träume nicht aufzugeben. Träume leiten uns auf unserer Reise auf dem Land. Es lohnt sich, jeden dieser Momente mit Freude, Gesinnung, Glauben und Hoffnung zu leben. Es gibt immer eine Chance auf Sieg und Erfolg. Glaube das.

Der Versöhnung des ehemaligen Bräutigams

Peter arbeitete in Sao Paulo und erfuhr durch einen Brief vom Verrat der Braut. Er war traurig, verzweifelt und angewidert. Wie konnte sie eine Liebe wegwerfen, die so schön war, dass sie zwischen den beiden existierte? All dies, weil Ihr Gegner ein wohlhabender Bauer war? Das würde sie nicht weiterbringen. Er war sich seines Wertes als Mensch und seiner Klaue zum Gewinnen bewusst. Schade, dass sie darauf keinen Wert legte.

Aber er hatte noch nicht aufgegeben. Er würde einen letzten Annäherungsversuch unternehmen. Damit nahm er den Bus und machte sich auf den Rückweg in den Nordosten Brasiliens.

Am Tatort angekommen, geht er zum Bauernhof. Er meldet sich und wird von seiner alten Freundin begrüßt. Sie setzen sich auf das Sofa im Wohnzimmer.

Rose

Ich bin mir so sicher, dass mein Mann nicht hier ist. Was machst du hier? Bist du verrückt?

Peter

Ich akzeptiere nicht, Rose. Ich vermisse dich so sehr. Warum hast du mich so verraten? Warst du nicht derjenige, der gesagt hat, dass du mich liebst?

Rose

Ich verstehe, Liebling. Du hast dich aus meinem Leben entfernt. Ich hatte keine Verpflichtung, auf dich zu warten. Ich dachte praktisch. Ich sah eine bessere Gelegenheit für mich.

Peter

Ich ging weg, um Geld für unsere Hochzeit zu holen. Darauf haben wir uns geeinigt. Als ich hörte, dass du einen Freund gefunden hast, war ich entsetzt. Du hast mich im Stich gelassen.

Rose

Dein Leid tut mir leid. Aber du bist zu jung. Ich wünschte, du würdest eine andere ungehinderte Frau finden. Ich bitte dich, mich für immer zu vergessen und nur Freunde zu sein.

Peter

Du wirst nie mein Freund sein. Du wirst immer meine Liebe sein. Wenn Sie jemals Ihre Entscheidung überdenken, kommen Sie zu mir.

Rose

Gut. Wir wissen nicht, wie unser Schicksal sein wird. Legen wir dies in Gottes Hände. Alles Gute für dich. Sei einfach in Frieden.

Peter

Möge Gott Sie segnen und beschützen. Ich werde wieder in Sao Paulo arbeiten und mich um mein Leben kümmern.

So ist es passiert. Peter kehrte in die Stadt Sao Paulo zurück. Es war notwendig, das Leiden zu vergessen und mit seinem Leben weiterzumachen. Es gab viele gute Dinge, die man im Leben nutzen konnte.

Die Hochzeitsfeier

Der lang ersehnte Tag ist gekommen. Bei einem Familientreffen mit Tanz, Party und Musik feierten sie die Vereinigung unseres Lieblingspaares. Es war eine großartige Feier. Es ist an der Zeit, dass Braut und Bräutigam sprechen.

Garcia

Dies ist ein entscheidender Moment in unserer Geschichte. Ein Moment der Einheit, Harmonie, Entschlossenheit und Glück. Es ist unser Leben, das zusammenkommt. Ich verspreche vor allem, dass ich meine Rolle als Ehemann würdig erfüllen werde. Ich werde danach streben, der beste Ehemann der Welt zu sein. Wir werden zusammen aufwachsen und unsere Familie gründen. Dafür brauche ich die Unterstützung und das Verständnis der Familie. Ich verstehe, dass eine Beziehung kompliziert ist. Es wird Momente des Kampfes, der Unzufriedenheit und Momente des Glücks geben. Aber wir werden das alles gemeinsam bis zum Ende durchstehen. Was denkst du, meine Liebe?

Rose

Ich bin die glücklichste Frau der Welt. Ich habe bekommen, was ich wollte. Mögen unsere Kinder und Enkel kommen, um diese Beziehung zu krönen. Von nun an werde ich in der Lage sein, ein erfülltes Leben zu führen. Das heißt nicht, dass alles perfekt sein wird, aber wir können die auftretenden Hindernisse überwinden. Ich bin seit meiner Jugend ein großer Krieger. Ich habe mich nie von den Rückschlägen des Lebens überwältigen lassen. Das Wichtigste war, dass ich immer an mich selbst geglaubt habe. Ich bin sehr erfolgreich.

Alle klatschen und die Party geht weiter. Es war ein langer Tag voller Familienfeiern. Am Ende der Nacht verabschieden sich alle und das Paar genießt die Hochzeitsnacht auf der Farm. Es war der Beginn einer neuen Geschichte.

Die Geburt des ersten Kindes

Es war ein Jahr der Ehe. Rose wurde schwanger und nach neun Monaten kam der langersehnte Tag der Geburt ihrer Tochter. Das Paar nahm das Auto und fuhr ins städtische Krankenhaus. Dort begann der Arzt mit der Entbindung. Zwei Stunden lang weinte und stöhnte die Frau, bis ihr Sohn geboren wurde. Der Vater betrat den Kreißsaal und umarmte seinen Sohn. Auch die Mutter begann gelangweilt zu weinen.

Garcia

Ich bin unglaublich glücklich. Meine Tochter ist schön und anmutig. Danke meine liebe. Du machst mich zum glücklichsten Mann der Welt.

Rose

Ich bin auch die glücklichste Frau der Welt an deiner Seite. Dies ist der Beginn unserer Familienbahn. Ich sehe, dass wir auf einem guten Weg sind und uns trotz aller Schwierigkeiten allmählich überwinden. Der Erfolg erwartet uns, meine Liebe.

Garcia

Lass uns einfach nach Hause gehen. Unsere Familienmitglieder sind besorgt.

Das Paar verließ den Kreißsaal, durchquerte die Hauptlobby, erreichte den Außenbereich und stieg ins Auto. Dann beginnt die Rückreise. Sie durchqueren die gesamte Stadt in südlicher Richtung und beginnen, den Schotterweg zu gehen. Es gab wenig Bewegung, die Sonne war stark, Vögel flogen außerhalb des Autos. Im nächsten Moment verschwindet die Sonne und ein feiner Regen beginnt zu fallen. Die ländliche Umgebung war perfekt für Reflexionen und Emotionen.

Sie schreiten auf der Straße voran, die von ihren eigenen Gedanken, Zweifeln und Unruhe gepackt ist. Sie gehen durch die gewundenen Kurven des heiligen Berges. Ein einladender, schlängelnder und gefährlicher Berg. Es waren die ganze Zeit Emotionen, die heraussprudelten. Das wäre großartig zu versuchen.

Zu Hause angekommen, empfangen sie ihre Verwandten und beginnen eine Feier. Bei einer Party mit Bier, Musik und Tanz genießen sie den ganzen Tag. Es war ein großes Glück, das mit Freunden geteilt wurde. So haben sie wunderbare und aufregende Momente. Aber ihre Flugbahn fing gerade erst an.

Die Gründung des ersten Gewerbes

Nach der Geburt ihres Sohnes und mit dem Eintreffen neuer Ausgaben begann das Paar, einen Plan zur Lösung der Situation zu erstellen, und erzielte eine Einigung.

Garcia
Ich werde einen Markt für dich eröffnen, meine Frau. Ich werde Ihren Bruder als Bauleiter einsetzen. Er ist ein hochintelligenter Mann.

Rose
Das ist wunderbar, meine Liebe.

Dabei kam Roses Bruder ins Haus und belauschte das Gespräch.

Roney
Ich weiß nicht, wie ich dir danken soll. Ich brauchte dringend einen Beruf. Ich habe auch viele Ausgaben mit meiner Familie.

Garcia
Neben dieser Möglichkeit können Sie auch Ochsen anlegen und auf meinen Boden stellen. Sie müssen keine Miete bezahlen. Auf diese Weise können Sie schnelles Geld verdienen.

Roney
Oh mein Gott, das ist wunderbar. Vielen Dank, Schwager. Ich werde Sie nicht enttäuschen. Sie können jederzeit auf mich zählen.

Garcia
Das ist mir bewusst. Sie sind ein Mann, dem Sie vertrauen können. Ich werde immer für dich da sein.

Rose

Das war eine großartige Idee. Ich bin froh, dass alles funktioniert hat. Der Zusammenhalt unserer Familie ist fantastisch. Ich bin unglaublich glücklich, meine Liebe. Wir werden zusammen aufwachsen.

Alles in allem begannen sie mit den Vorbereitungen für die Implementierung des Unternehmens. Damit das Geschäft ein Erfolg wird, muss alles perfekt sein.

Markteröffnung

Der erwartete Eröffnungstag ist gekommen. Eine große Menge besuchte die Party. An einem Abend mit Tanz, Getränken, Musik und vielen Verabredungen eröffneten sie ihr Unternehmen. Es war die Verwirklichung eines Traums für alle Anwesenden.

Der Markt hatte eine große Auswahl an Lebensmitteln und wäre ein Pionier in der Region. Dadurch würde unnötiges Pendeln in die Stadt vermieden.

Es war ein weiteres Hindernis, das im Leben dieses jungen Paares überwunden wurde. Mögen neue Errungenschaften kommen.

Wohlstand

Ein paar Monate sind vergangen. Der Handel und die Ochsen gediehen, was dieser Familie eine große finanzielle Sicherheit verschaffte. In Bezug auf das Glück waren sie zu Hause in großer Harmonie und Frieden.

Es war eine große Wende in ihrem Leben gewesen. Sie hatten an ihr Familienprojekt geglaubt, Rückschläge erlebt und mutig ihre Identität angenommen. All dies führte zu konkreten Ergebnissen.

In der neuen Phase, die anfing, planten sie höhere Flüge. Sie waren vereint für die Verwirklichung der idealen Familie. Sie wünschten sich eine Umgebung des idealen Friedens, der Sammlung und des Glücks. Deshalb haben sie so hart gearbeitet.

Die Familie

Die Jahre vergingen und die Familie wuchs mit der Geburt neuer Kinder heran. Auf der finanziellen Seite hatten sie zunehmenden Wohlstand. Somit wurde die Familienbeziehung hergestellt. Dies widersprach allen Beziehungsprognosen anderer Menschen.

Deshalb müssen wir unser Leben immer in die Hand nehmen. Wir müssen uns vom Einfluss anderer befreien und zu Autoren unserer Flugbahn werden. Nur dann haben wir die Chance, glücklich zu sein. Es braucht Glauben, Belastbarkeit, Willen und Freiheit.

Unsere wahre Bestimmung ist es, glücklich zu sein. Aber um dies zu erreichen, müssen wir mehr handeln und weniger erwarten. Das hat dieses Paar sein ganzes Leben lang gelernt.

Zeitraum von zehn Jahren

Der Bauer unterstützte die Familie der Braut finanziell. Alle ihre Verwandten sind in jeder Hinsicht aufgewachsen. Dies brachte für alle mehr Harmonie und Glück. Es war eine perfekte und glückliche Vereinigung. Nach zehn Jahren litt der Bauer an einer schweren Krankheit. Trotz aller Bemühungen konnte er sich nicht erholen und starb.

Es war ein großer Schmerz für alle Angehörigen. Der Trauerprozess begann und dauerte lange. Es waren dunkle und bedrückende Zeiten. Nachdem dieser große Schmerz vorüber war, wurde neu geplant. Es war notwendig, das Leben auf die eine oder andere Weise wieder aufzunehmen.

Wiedervereinigung

Nach dem Tod des Bauern kehrte der ehemalige Bräutigam nach brasilianischem Nordosten zurück. Er ging zu einem Treffen mit einer Witwe.

Peter
Ich bin vorbereitet, dir zu vergeben. Jetzt, da du Witwe bist, möchte ich wieder mit dir zusammenkommen. Ich habe keine Herzschmerzen mehr.
Rose
Ich hatte mit meinem Mann mehrere Kinder. Und du hast auch geheiratet. Können wir unsere Liebe noch zurückbekommen?
Peter
Ich versichere Ihnen, es wird funktionieren. Wir können immer noch glücklich sein. Die Situation ist jetzt völlig anders. Unsere Wege haben sich wieder getroffen. Einfach weitermachen und glücklich sein.
Rose
Ich werde es nehmen. Ich möchte mit dir glücklich sein. Lassen Sie uns eine schöne Geschichte bauen. Das ist unsere Chance.
Das Paar umarmte und küsste sich. Von da an bekamen sie mehr Kinder und bauten eine ideale Beziehung auf. Es war die Verwirklichung eines alten Traums. Schließlich hatte die Geschichte einen erfolgreichen Abschluss.

Anerkennung seiner Rolle in der Gesellschaft

Wir wissen nicht, woher wir kommen und wohin wir gehen. Das ist etwas, das uns unser ganzes Leben lang verfolgt hat. Wenn wir geboren werden und das soziale Umfeld erkennen, in dem wir leben, haben wir einen leichten Eindruck davon, was wir im Leben sein können. Aber es ist eine reine Vermutung. Diese inneren Fragen führen uns zu einer ungezügelten Suche, um zu wissen, wer wir sind und was wir sein können. Hier kommt das Training des Lebens selbst ins Spiel, das uns an die richtige Stelle führt.

Auf diesem Lebensweg lassen wir uns von Zeichen leiten. Dies zu erkennen und zu verstehen, ist nicht einfach, weil wir in unserem Wesen zwei Kräfte haben, die im Konflikt stehen: Gut und Böse. Während das Gute uns auf die richtige Seite gelenkt hat, versucht das Böse, uns zu zerstören und uns von Gott wahrer Bestimmung wegzubringen. Diese Aktion negativer Gedanken loszuwerden, ist eine Fähigkeit, die nur wenige haben.

In diesem Moment erscheinen spirituelle Lehrer in unserem Leben. Wir müssen den Geist vorbereitet haben, Ihrem Rat zu folgen und im Leben erfolgreich zu sein. Aber wenn Sie sich als rebellischer Geist darstellen, wird nichts ausreichen. Dies wird das Gesetz der Wiederkehr oder das Gesetz der Ernte genannt. Sei weise und wähle das Richtige.

Kommen wir zu meinem Beispiel. Mein Name ist Aldivan, bekannt als Seher, Sohn Gottes oder Göttlich. Ich wurde in eine arme Bauernfamilie mit geringen finanziellen Verhältnissen hineingeboren. Trotz finanzieller Schwierigkeiten hatte ich eine wunderbare Kindheit. Diese Kindheitsphase ist die beste unseres Lebens. Ich habe schöne Erinnerungen an meine Kindheit und Jugend.

Wenn sie das Erwachsenenalter erreichen, beginnen die Sammlungen der Familie und der Gesellschaft. Es ist eine anstrengende und deprimierende Phase. Wir müssen emotionale Kontrolle haben, um jedes Hindernis zu überwinden, das auftaucht. Auf diese Weise stand meine Suche nach finanzieller Stabilität im Mittelpunkt. Leider war die emotionale und liebevolle Ausgabe die letzte Option. Inzwischen glaube ich, die richtige Wahl getroffen zu haben. Dieses affektive Problem ist heute übermäßig kompliziert. Wir leben in einer grausamen Welt voller Liebe. Wir leben neben selbstsüchtigen und materialistischen Menschen. Wir leben mit Menschen zusammen, die nur moralische Werte ausnutzen wollen. Trotz allem, was ich erwähnt habe, glaube ich, dass meine Wahl für die professionelle Seite die richtige Wahl war.

Ich begann mit dem Studium und begann im öffentlichen Dienst zu arbeiten. Es war eine große persönliche Herausforderung für mich. Verschiedene Tätigkeiten parallel zur künstlerischen Tätigkeit unter einen Hut zu bringen, fällt niemandem leicht. Es war eine Zeit wichtiger Entdeckungen und Erkenntnisse, die zur Konstruktion meines Charakters beitrugen. Die guten Zeiten führten mich zu Glücksblitzen und Harmonie. Die harten Zeiten brachten mir außerordentlich starke Schmerzen, die mich zu einem Mann machten, der vorbereitet war, sich den alltäglichen Situationen des Lebens zu stellen.

Meine ganze Karriere hat mich gelehrt, dass unsere Träume die wichtigsten Dinge in unserem Leben sind. Für meine Träume habe ich weitergelebt und auf meinem Erfolg bestanden. Also gib niemals auf, was du willst. Ein leeres Leben ist eine äußerst schreckliche Last, die es zu tragen gilt. Wenn Sie also scheitern, überdenken Sie Ihre Planung und versuchen Sie es erneut. Es wird immer eine neue Chance oder eine neue Richtung geben. Glauben Sie an Ihr Potenzial und machen Sie weiter.

Die Suche nach Träumen

Ich lebte in der Kindheit eine völlig unprivilegierte Situation. In eine Bauernfamilie hineingeboren, deren einziges Einkommen ein Mindestlohn nach brasilianischen Maßstäben war, hatte ich in meiner Kindheit große finanzielle Schwierigkeiten. Dieser Mangel an Ressourcen hat mich schon früh dazu gebracht, für meine Projekte zu kämpfen. Ich habe meine Kindheit aufgegeben, um mich auf den Arbeitsmarkt vorzubereiten. Mein einziges Ziel war es, meine finanzielle Unabhängigkeit zu erlangen, was überhaupt nicht einfach ist.

Ich habe jegliche Freizeit aufgegeben, um mich meinen Projekten zu widmen. Das war eine persönliche Entscheidung angesichts meiner persönlichen Angelegenheit. Aber jede Entscheidung hat ihre Konsequenzen. Ich konnte keine wahre Liebe dafür finden, dass ich mich so sehr der beruflichen Seite verschrieben hatte. Das war eine große Folge meiner Taten. Ich bereue es nicht. Wahre Liebe zwischen Paaren wird immer seltener.

Es war ein langer Weg der Bemühungen in Studium und Arbeit. Ich bin stolz auf meinen persönlichen Weg und ermutige junge Menschen, für ihre Träume zu kämpfen. Es erfordert viel Konzentration auf alles, dem Sie sich widmen. Dennoch müssen wir bei der Lebensplanung immer rational sein. Ich sage, dass die öffentliche Ausschreibung aus finanzieller Sicht die beste Wahl ist. Der Wettbewerb im öffentlichen Bereich hat Stabilität, die für die Finanzplanung grundlegend ist.

Mit einer guten Finanzplanung können wir das Leben besser sehen. Die anderen Aspekte des Lebens sind auch Ergänzungen, um unser Leben zu erhellen. In der Zwischenzeit müssen wir Gutes tun, um erfolgreich zu sein. Wir sind vollkommen in der Lage, durch unsere Taten gesegnet zu werden.

Kindheitserlebnisse

Ich bin in einem kleinen Dorf im Nordosten Brasiliens geboren und aufgewachsen. Ursprünglich aus einer bescheidenen Familie stammend, wurde meine Kindheit gelitten, aber gut ausgenutzt. Ich spielte mit dem Ball und ließ Kreisel fallen, badete im Fluss, kletterte auf die Obstbäume und aß ihre Früchte, lernte in der Schule und erzielte hervorragende Leistungen, ich nahm an Partys und gesellschaftlichen Veranstaltungen teil, ich hatte ein glückliches Leben und keine Verantwortung.

Das Problem der unterprivilegierten finanziellen Situation hat mich erstickt, aber es hat mich nicht daran gehindert, glückliche Momente mit Familie, Verwandten, Freunden und Nachbarn zu haben. Das waren gute Zeiten, die nie wiederkommen. Wenn ich mich daran erinnere, fühle ich, wie meine pulsierende Energie durch mein ganzes Wesen widerhallt.

Die Kindheitserfahrung war der Treibstoff, den ich brauchte, um meine Hoffnungen, glücklich und erfolgreich zu sein, zu stärken. Meine familiäre Situation war nicht einfach: Eine traditionelle Familie, meiner Sexualität völlig abgeneigt und so starr, dass ich keine Entscheidungen treffen konnte. Als mein Vater lebte, war er für die Familie verantwortlich. Nach dem Tod meiner Eltern erlaubte mein älterer Bruder, der fünfte in der Abstammung, niemandem eine Meinung über das Erbe meines Vaters. Er ist derjenige, der jede Situation beherrscht. Er war ein rücksichtsloser Mann.

Ich lebe also derzeit in dem Haus, das ich von meinen Eltern geerbt habe, aber ohne jegliche Entscheidungsgewalt über irgendetwas. Ich unterwerfe mich dieser Situation, damit ich nicht draußen leben und allein sein muss. Ich kann Einsamkeit in keiner ihrer Formen ertragen. Ich habe Angst vor der Zukunft und bitte Gott, in meinem Alter nicht allein zu sein.

Niemand respektiert meine Sexualität

Brasilien ist ein schreckliches Land für die LGBTI-Gruppe. Ich habe mich selbst als LGBTI angenommen und kann nicht genug davon bekommen, überall, wo ich hingehe, Spott und Witze zu haben. Sie sind Spott innerhalb der Familie, in der Gemeinde, in der ich lebe, wenn ich reise, in der Schule, bei der Arbeit. Jedenfalls werde ich nirgendwo respektiert.

Die Menschen sollten verstehen, dass Sexualität nicht unseren Charakter definiert. Ich bin ein guter Bürger, ich arbeite, ich bezahle meine Schulden, ich erfülle meine Bürgerpflichten, und doch gibt mir niemand Anspruch auf etwas. Es ist, als wäre ich unsichtbar und ein Ärgernis in der Gesellschaft.

Es tut mir leid, dass es so viele Menschen gibt, die geistig zurückgeblieben sind. Es tut mir leid, dass es so viele Menschen gibt, die schwule Menschen misshandeln und töten. Es ist traurig, keine Zuflucht zu haben. Die einzige Person, die mich unterstützt, ist Jesus Christus. Er ist immer bei mir und hat mich nie verlassen.

Der große Fehler, den ich in meinem Liebesleben gemacht habe

Ich habe am ersten Tag in meinem neuen Job einen Mann kennengelernt. Er ist ein sehr gutaussehender Mann und hat sich mir gegenüber höflich und freundlich gezeigt. Ich war begeistert von ihm. Wir hatten sofort eine große Affinität und verstanden uns sehr gut. Durch Freunde erfuhr ich, dass er mit einer Frau verabredet war. Trotzdem hielt es mich nicht davon ab, ihn auf eine Weise zu lieben, wie ich nie einen anderen Mann geliebt habe. Das war ein großer Fehler, der mich viel Geld gekostet hat. Ich werde es als nächstes erklären.

Nach einem Jahr entschied ich mich endlich, in die Beziehung zu diesem Mann zu investieren. Ich habe mich zu einem für uns beide besonders wichtigen Datum erklärt. Was ein so schönes und verzaubertes Gefühl war, wurde zu einer großen Katastrophe. Er war sehr unhöflich zu mir und wies mich zurück. Er hat mich komplett zerstört und damit sind wir weggegangen, um uns nie wieder zu vereinen.

Ich beschuldige ihn nicht. Es war meine große Schuld, dass ich meine Hoffnungen in einen Mann investierte, der sich jemand anderem verpflichtet fühlte. Aber das war der Beweis, den ich wirklich wollte. Ich wollte sehen, ob er so etwas für mich empfindet. Als er seine Frau auswählte, zeigte das, dass er seine Frau mehr liebte als mich. Das ist etwas, wonach ich nicht suche. Ich wäre niemals die zweite Wahl für einen Mann. Ich möchte und verdiene es immer, der erste Platz in einer Beziehung zu sein. Weniger als das akzeptiere ich nicht. Ich fühle mich gut allein.

Nach diesem tragischen Ereignis mochte ich diesen Mann noch acht Jahre hintereinander. Im Moment schlummert das Gefühl, das ich für ihn habe. Mir geht es mental gut und ich hoffe, dass ich nie wieder in eine solche Falle tappe. Es ist besser, geistig gesund zu sein und Single zu sein.

Die große Enttäuschung, die ich mit Kollegen hatte

In meinem neuen Job und so vielen anderen, die ich hatte, lag ich sehr falsch mit Menschen. In all diesen Situationen versuchte ich einen freundlichen Umgang mit Kollegen. Ich wollte mit ihnen befreundet sein, aber ich bereue es wirklich. Ich hatte große Enttäuschungen in diesem Sinne, die mich zu dem Schluss brachten, dass niemand Freunde bei der Arbeit hat.

Ich bin frustriert, weil ich keine Freunde habe, wohin ich auch gehe. Ich denke, ein Großteil des Problems liegt in den Vorurteilen der Menschen. Weil ich schwul bin, vermeiden es Männer, sich in irgendeinen Weg einzumischen, den ich gehe. Soweit es die Frauen sind, haben sie Angst, dass ich ihnen ihren Ehemann nehmen werde. Trotzdem fühle ich mich isoliert.

Die Welt ist eine große Herausforderung für diejenigen, die Teil einer abgelehnten Minderheit sind. Wir müssen mit anderen Menschen zusammenleben und unsere Besonderheiten nicht tolerieren. Es ist kein müheloser Prozess, sich der Gesellschaft so spät zu stellen. Ich habe niemand Unterstützung. Nicht einmal in meiner Gruppe mit sexueller

Orientierung fühle ich mich unterstützend. Es gibt andere Vorurteile in der schwulen Community, die mich noch mehr isolieren. Deshalb habe ich nach 14 Jahren der Suche nach Liebe komplett aufgegeben. Ich bin heutzutage ein alleinstehender, glücklicher Mensch. Ich fühle mich in allem, was ich tue, von Gott erleuchtet und gesegnet.

Die großen Vorhersagen für mein Leben

Ich bin ein unglaublich glücklicher Mann. Ich bin gesundheitlich in perfektem Zustand, dank einer großartigen Ernährungsumstellung, die ich tue, ich habe viele Verwandte, die mich ab und zu besuchen, ich habe meinen Job, der mich finanziell unterstützt, ich habe meine künstlerische Tätigkeit als meinen psychologischen Rückhalt, und ich einen großen Gott haben, der mich nie verlassen hat.

Ich habe seit meiner Jugend große Schwierigkeiten durchgemacht, und das hat mich zu dem Mann gemacht, der ich heute bin. Ich bin mental eine außerordentlich starke Person, ich glaube an die Spiritualität, ich glaube an mein gutes Schicksal, und ich glaube, dass meine Träume wahr werden, auch wenn sie Zeit brauchen. Diese Suche nach Träumen hält mich am Leben. Ich bin Schriftsteller, Komponist, Filmemacher, Drehbuchautor, Übersetzer und andere künstlerische Aktivitäten.

In gewisser Weise habe ich mir schon viele Träume erfüllt, die ich hatte. Für diejenigen, die unter sehr ungünstigen Bedingungen geboren wurden, ist es eine große Leistung. Ich wurde mit absolut nichts geboren und habe heute eine stabile Karriere. Alles dank meines persönlichen Einsatzes. Ich bin ein sehr kämpferischer und fokussierter Mensch. Ich bin in jeder Hinsicht stolz auf mich. Die Vorhersage, die ich für mein Leben mache, ist also, dass ich absolut erfolgreich sein werde, weil ich danach strebe.

Der Heilige, der Sohn eines Apothekers war
Apotheke

Civitavecchia - Italien
1. Januar 1745

Das gesamte Arbeitsteam war zu einer privaten Feier des Sohnes des Häuptlings versammelt.

Chef

Wir sind hier mit meiner zweiten Familie versammelt, um der Ankunft meines Sohnes bei meiner Familie zu gedenken. Es ist ein Tag der Freude und ein Tag der Kontinuität einer Generation. Ich werde meine Güter und meinen Charakter als Beispiel hinterlassen. Ich zähle auf deine Hilfe, meine geliebte Suyane, damit wir diesen Sohn gemeinsam großziehen können.

Suyane

Ich bin begeistert, meine Liebe. Heute ist ein lohnender Tag für mich. Beginn eines festlichen Zyklus. Ich verspreche, dass ich aufhören werde, die bestmögliche Mutter für unseren Sohn zu sein.

Arbeitnehmervertreter

Im Namen aller Mitarbeiter gratulieren wir dem Ehepaar und wünschen Gesundheit, Erfolg, Wohlstand und Geduld für die Erziehung des Kindes. Es ist heutzutage keine leichte Aufgabe, sich um Kinder zu kümmern. Wir sind bereit, Sie in jeder Weise zu unterstützen, die Sie benötigen.

Chef

Danke euch allen!

Die Party hat begonnen. Es gab viel Essen, Tanzen, eine Musikkapelle und viel Freude. Es waren drei Tage Partys hintereinander, die alle sehr müde machten. Bemerkenswerte Ereignisse mussten gefeiert werden und sie verdienten eine Pause, weil sie hart gearbeitet hatten.

Frühe Jahre

Der Junge Vincent Maria Strambi war seinen Eltern gegenüber fröhlich, amüsiert und sehr gehorsam. Aufgrund der guten finanziellen Lage der Familie standen ihm viele Möglichkeiten zur Verfügung: Er hatte einen Privatlehrer, Schwimmunterricht, trieb Sport mit Freunden, reiste viel und hatte seine Momente der Einsamkeit. Er studierte viel die Bibel, was seine katholische Neigung von Beginn seiner Kindheit und Jugend an offenbarte.

Eines Tages geschah endlich ein besonderer Familienmoment.
Chef
Es ist alles für deine Reise arrangiert, mein Sohn. Als wir Ihr Interesse an der katholischen Religion erkannten, beschlossen Ihre Mutter und ich, Sie zum Priesterseminar zu schicken. Dort haben Sie die Möglichkeit, sich psychisch, religiös und emotional besser zu entwickeln.
Suyane
Ich denke, das ist eine clevere Idee. Wenn es nicht funktioniert, kannst du wiederkommen. Die Türen meines Hauses stehen dir immer offen, mein Sohn.
Vincent
Ich habe es dir gegeben, Mama. Ich schätze Sie beide. Ich bin schon vollgepackt und voller Erwartungen. Ich verspreche, mich meinem Studium zu widmen. Ich werde immer noch ein großartiger Mann sein.
Suyane
Du bist bereits unser Stolz, mein Sohn. Wir geben Ihnen alle Unterstützung, die Sie brauchen. Zählen Sie immer auf uns.
Vincent
Vielen Dank. Wir sehen uns im Urlaub.

Nach einer langen Umarmung und einem Kuss trennten sich ihre Wege schließlich. Der Fahrer begleitete den Jungen zum Auto und verbrachte ein paar Augenblicke, bis sie endgültig weg waren. Es war der Beginn einer neuen Reise für diesen kleinen Jungen.

Die Reise

Der Beginn des Spaziergangs begann eintönig. Nur der kühle Wind und kleine Tröpfchen trafen den Rückspiegel und spritzten in das Auto, was den Jungen alarmiert machte. Es waren viele Emotionen gleichzeitig enthalten. Einerseits die Angst vor dem Unbekannten und andererseits die Angst und Nervosität, die ihn verzehrten. Dies ist vielen Menschen in neuen Situationen gemeinsam, die in unserem Leben auftauchen. Es war nicht einfach, ein Leben in Komfort und Schutz der Eltern aufzugeben, noch mehr als Vincent nur ein Kind war.

Die reflektierende Situation wurde nur durch den Fall einer Zigarettenschachtel auf den Boden unterbrochen. Der Junge stieg aus, nahm die Zigaretten und gab sie dem Fahrer zurück. Er macht einen dankbaren Gesichtsausdruck.

Treiber

Du hast mein Leben gerettet, Kleiner. Diese Packung Zigaretten rettet mich vor Depressionen.

Vincent

Wussten Sie, dass Zigaretten eine schlechte Angewohnheit sind, die Ihrer Gesundheit schaden kann? Was ist in Ihrem Leben passiert, um Sie zur Zigarette zu bringen?

Treiber

Es war eine Menge Dinge. Ich möchte Sie nicht wegen meiner Probleme beunruhigen.

Vincent

Kein Problem. Aber ich könnte dir ein guter Freund und Ratgeber sein. Was stört dich?

Treiber

Ich, Lindsey und Rian bildeten eine wunderschöne Familie. Ich arbeitete in einer Metallurgie, meine Frau war Lehrerin, und mein Sohn war in der Obhut einer Putzfrau. Wir waren eine eng verbundene, stabile, glückliche Familie. Bis ich bei der Arbeit einen Fehler machte und gefeuert wurde. Danach brach mein Boden zusammen. Ich musste mich um meinen Sohn kümmern und niemanden mehr anstrengen, ich mochte meine Frau nicht. Die Kämpfe begannen, unsere Gewerkschaft löste sich auf und wir mussten uns trennen. Sie und mein Sohn nahmen mein Haus und ich musste in eine Wohnung ziehen. Ich habe mich selbstständig gemacht, um meine Rechnungen bezahlen zu können. Ich hatte einen erschütternden Moment der Einsamkeit und das brachte mich dazu, mir das Rauchen zur Gewohnheit zu machen. Seitdem habe ich diese verdammte Sucht nicht gestoppt.

Vincent

Es ist eine traurige Geschichte. Aber ich glaube nicht, dass Sie erschüttert werden sollten. Wenn deine Frau deine Schwäche nicht verstand, dann hat sie dich nicht genug geliebt. Du bist eine Scheinbeziehung losgeworden. Ich glaube, der einzige Verlust war Ihr Sohn. Aber ich denke, Sie können ihn besuchen und so diese Sehnsucht lindern. Mach weiter. Das Leben kann dir immer noch große Freuden bereiten. Alles, was Sie tun müssen, ist, an sich selbst zu glauben. Geben Sie Ihre Zigarette auf, solange Sie können. Ersetzen Sie dies durch die Praxis des Lesens, Freizeit, ein höfliches Gespräch oder eine künstlerische Arbeit. Halten Sie Ihren Geist beschäftigt und Ihre Depressionssymptome werden schwächer. Eines Tages wirst du dir sagen: "Ich bin vorbereitet, wieder glücklich zu sein." An diesem Tag wirst du eine fantastische Frau finden und sie heiraten. Vielleicht hast du einen besseren Job und eine neue Familie. Ihr Leben wird dann wiederhergestellt.

Treiber

Vielen Dank für den Rat, Freund. Dieser Prozess des Wiederaufbaus meines Lebens sieht so aus, als würde er schrecklich langsam vonstattengehen. Ich werde auf den richtigen Moment warten, um wieder aufzutauchen. In der Zwischenzeit gehe ich mit viel Vertrauen. Wirklich, deine Worte haben mir sehr geholfen.

Vincent

Du musst mir nicht danken. Ich glaube, Gott hat meine Worte inspiriert. Lass uns weitermachen!

Zwischen den beiden herrscht Schweigen. Das Auto beschleunigt und die Sonne geht auf. Das war ein großartiges Zeichen. Die Sonne kam, um die Energie zu bringen, die benötigt wird, um die Muskeln, die Seele und das Herz zu erwärmen. Es war ein Atemzug für solch aufgewühlte Seelen.

Die Reise folgte und sie kamen nicht zu der Zeit, um das endgültige Ziel zu erreichen und sich von ihrer Arbeit auszuruhen.

Ankunft im Priesterseminar

Das Paar erreicht schließlich das Priesterseminar. Der Junge steigt aus dem Auto, bezahlt die Fahrkarte, entfernt sich vom Auto und geht auf den imposanten Eingang des Gebäudes zu. Eine Mischung aus Unruhe, Zweifel und Nervosität setzte ihn fort. Was würde passieren? Welche Emotionen erwarteten Sie in der neuen Bleibe? Nur die Zeit könnte deine innersten Fragen beantworten.

Er war schon im Zimmer. Mit dem Koffer im Arm begann er, Fragen einer der Nonnen zu beantworten.

Engelwurz

Woher kommst du? Wie alt sind Sie?

Vincent

Ich komme ursprünglich aus Civitavecchia. Ich bin 12 Jahre alt und trete in das Geistliches Leben ein.

Engelwurz

Sehr gut. Wisse, dass das Geistliches Leben kein müheloser Weg ist, Junge. Die Straße der Welt ist viel einladender und leichter. Religiös zu sein ist eine große Verantwortung. Zunächst sollten Sie sich auf Ihr Studium konzentrieren. Wenn Sie erkennen, dass Sie eine religiöse Berufung haben, müssen Sie den nächsten Schritt tun. Alles hat seine rechte Zeit.

Vincent

Verstehe. So werde ich handeln. Sie können sicher sein.

Engelwurz
Also, was soll ich sagen? Willkommen Schatz. Das Zuhause der Hoffnung ist ein Ort, der jeden willkommen heißt. Wir erwarten, dass Sie sich an die Verhaltensregeln halten. Respekt ist unser oberstes Gebot.
Vincent
Vielen Dank. Ich verspreche, es wird gut.

Der Junge wurde in eines der Zimmer gebracht. Da die Reise anstrengend gewesen war, machte er sich auf den Weg, um sich auszuruhen. Er musste vollständig genesen sein, um sein apostolisches Werk beginnen zu können.

Besuch der Muttergottes

Nach dem Abendessen versammelte sich der Junge zum Gebet im Raum. Eine beunruhigende Stille erfüllte die Nacht. Augenblicke später beginnt er eine dünne Brise zu spüren. Eine Frau nähert sich aus einer weißen Wolke und landet im Raum. Sie war eine brünette Frau, fröhlich, mit geröteten Gesichtern und einem erstaunlichen Lächeln.
Vincent
Wer bist du?
Maria
Mein Name ist Maria. Ich bin der Mittler aller Gnaden, die für die ganze Menschheit notwendig sind.
Vincent
Was willst du von mir?
Maria
Ich möchte Sie benutzen, um die Menschheit zu warnen. Wir leben in grausamen Zeiten der Häresie. Die Menschheit hat sich von Gott entfernt und der Teufel hat die Welt mit seinem Hass beherrscht. Es gibt sehr wenige gute Seelen.

Vincent
Was soll ich machen?
Maria
Bete viel. Bete jeden Tag den Rosenkranz für die Heilung der Menschheit. Wir müssen unsere Kräfte bündeln, um zu versuchen, die Menschheit zu retten.
Vincent
Was sagst du zu meinem apostolischen Weg?
Maria
Du hast alles, um in meiner Kirche aufzuwachsen. Sie sind ein junger Gelehrter, gebildet, mit Werten und einem guten Herzen. Du bist einer von denen, die auserwählt sind, die Neue Kirche wiederherzustellen, eine integrativere Religion, die alle streunenden Diener berücksichtigt.
Vincent
Ich freue mich über so einen guten Auftrag. Ich verspreche, mich vollkommen zu widmen. Wir müssen die Gemeinde dazu bringen, sich weiterzuentwickeln und für die Gläubigen das Tor zum Himmel zu sein. Vielen Dank für diese Gelegenheit.
Maria
Du musst mir nicht danken. Ich muss hier raus. Bleibe bei Gott.
Vincent
Danke, meine geliebte Mutter. Wir sehen uns bei einer anderen Gelegenheit.

Die Mutter Gottes kehrte in die Wolke zurück und verschwand im Handumdrehen. Müde ging der Junge schlafen. Die nächsten Tage würden weitere Neuigkeiten bringen.

Eine Lektion über Religion

Früh morgens, nach dem Frühstück, begann der Theologieunterricht mit den Schülern.

Lehrer

Am Anfang schuf Gott Himmel und Erde. Allmählich wurden die Räume von Lebewesen gefüllt. Der große Gott ist der Gott der Vielfalt. Dann wurden Millionen verschiedener Arten geschaffen, jede mit ihrer eigenen spezifischen Funktion. Die menschliche Spezies wurde geschaffen und erhielt die Aufgabe, sich um das Land zu kümmern. Alles war unglaublich schön, und im ganzen Königreich herrschte Frieden. Bis die primitiven Menschen rebellierten, indem sie das Gesetz des Schöpfers übertraten. So kam die Sünde, die die menschliche Laufbahn trübte. Aber es war nicht alles verloren. Die Versöhnung mit Gott wurde in einer zukünftigen Zeit verheißen. Wir haben gesehen, dass Christus diese Rolle gut erfüllt hat, indem er uns die Heiligkeit zurückgegeben hat. Durch seine Kreuzigung vereinigte Christus die ganze Menschheit.

Vincent

Es gibt einige Dinge, die ich an dieser Theorie nicht verstehe. War der Mensch nicht ewig Dualist? Ist Christus gestorben, um uns von unseren Sünden zu retten, oder war er das Opfer einer Verschwörung der Juden?

Lehrer

Tatsächlich wissen wir wenig über den Ursprung der Menschheit. Alte Manuskripte berichten, dass Menschen die Heiligkeit von Anfang an bewahrt haben und dass eine Übertretung des göttlichen Gesetzes die Ursache für den Ursprung der Sünde war. Es gibt keine Möglichkeit zu wissen, was die Wahrheit ist. Es ist, wie Christus sagte: Du musst nicht leben, um zu glauben. In Bezug auf die zweite Frage können wir sagen, dass die beiden Hypothesen wahr sind. Unser Herr wurde Opfer von Verrat, und dies diente als Opfer für die Menschheit. Christus war vollkommen und hat es nicht verdient zu sterben. Sein Tod war der Preis für die Gründung der Kirche und für unser Heil.

Vincent

Ich verstehe und ich glaube. Das bringt mich dazu, deinen Worten zu glauben. Christus kann das Symbol dieser schöpferischen Kraft sein, die den Menschen aufbaut. Eine solidarische, verständnisvolle, vergebende Kraft, die Gut und Böse umarmt, die immer Versöhnung erwartet. Aber es ist auch eine Kraft der Gerechtigkeit, die das Gute vor dem Bösen schützt. Hier kommt der Begriff des Rückgaberechts ins Spiel. Das Böse, das wir tun, kommt mit noch größerer Kraft zu uns zurück.

Lehrer

Das ist richtig, mein Lieber. Deshalb ist es notwendig, unsere Werte zu überwachen. Es ist notwendig, unsere Fehler zu korrigieren, um uns weiterzuentwickeln. Bevor Sie reden, denken Sie nach. Ein unangebrachtes Wort kann unseren Nächsten sehr verletzen. Diese Verletzung kann zu anhaltenden psychischen Problemen führen. Es misshandelt die menschliche Seele zu sehr.

Vincent

Deshalb war mein Motto immer noch nie jemandem wehgetan. Die Leute kümmern sich jedoch nicht gleich um mich. Sie kümmern sich nicht einmal darum, Schmerzen und Missverständnisse zu verursachen. Die Menschen sind sehr egoistisch und materialistisch.

Lehrer

Das ist der Grund, warum wir Theologie studieren. Es bedeutet zu verstehen, dass Gott eine größere Kraft ist, die unsere Schwächen überrascht. Es bedeutet zu verstehen, dass Vergebung eine Befreiung von unseren Fehlern ist. Es bedeutet, im Opfer Christi ein Zeichen zu sehen, damit wir mit der Gewissheit des Sieges gegen unsere Feinde kämpfen können.

Vincent

Danke schön Professor. Ich fange an, die Schule zu genießen. Lass uns weitermachen!

Der Unterricht dauerte den ganzen Vormittag und war eine Zeit der Freude und Akzeptanz im Glauben Christi. Nach der Schule gingen sie zum Mittagessen und ruhten sich aus. Alles war gut im Haus der Hoffnung.

Gespräch im Seminar

Es ist zwei Jahre her, seit der junge Vincent studiert hat. Dann nahte der Moment des Gesprächs, das über Ihre Zukunft entscheiden sollte.
Nonne
Wir wissen, dass Sie in allen Bereichen ein sehr fleißiger junger Mann sind. Wir möchten Ihnen gratulieren. Wir würden auch gerne wissen, was Sie sich für die Zukunft wünschen. Willst du Priester werden?
Vincent
Ich schätze die Worte. Ich bin Christus seit meiner Geburt. Meine Antwort ist also positiv. Ich möchte mich dieser Kette des Guten anschließen. Ich möchte viele Seelen für meinen Herrn gewinnen.
Nonne
Sehr gut. Dann lassen Sie uns die heiligen Riten arrangieren. Vorab willkommen in der Klasse.
Vincent
Vielen Dank. Ich verspreche, ich werde dich nicht enttäuschen.
Das Leben folgte. Vincent wurde zum Priester geweiht und begann seine priesterlichen Aktivitäten. Es war die Verwirklichung eines alten Traums, und ich wusste, dass es Familienstolz war.

Eintritt in die liebende Gemeinde

Vincent wandte sich an die liebende Gemeinde mit dem Ziel, den Gründer zu treffen.
Paulus vom Kreuz

Du meinst, du interessierst dich dafür, unserer Gemeinde beizutreten?

Vincent

Ja. Ich sehe, Sie sprechen sehr gut über Ihre Arbeit. Ich habe eine Affinität zu Ihren Aktivitäten. Ich möchte mein Bestes geben und zum Wachstum des Teams beitragen.

Paulus vom Kreuz

Ich bin froh, dass du es schaffst. Unser Unternehmen steht allen offen, die mitarbeiten möchten. Ihre apostolische Arbeit verzaubert mich und lässt mich glauben, dass Sie eine großartige Errungenschaft sind. Herzlich willkommen.

Vincent

Ich fühle mich geschmeichelt. Es ist eher ein wahr gewordener Traum. Sie können sicher sein, dass ich mein Bestes geben werde.

Vincent wurde offiziell in das Team integriert und begann sich in der sozialen Arbeit der Gemeinde zu engagieren. Er war ein bemerkenswertes Beispiel eines Christen.

Als Missionar durch das Land reisen
In einem Dorf in Süditalien

Bauer

Meinst du, du bist Gottes Gesandter? Wie glaubst du, kannst du einer verzweifelten, armen Bäuerin helfen?

Vincent

Ich bringe den Frieden Gottes mit. Durch göttliche Lehren können Sie Ihre Probleme überwinden und ein versierterer Mensch werden.

Bauer

Sehr gut. Wie kann ich glücklich sein, wenn ich dem göttlichen Gesetz folge?

Vincent

Halten Sie die Gebote. Liebe Gott zuerst wie dich selbst, töte nicht, stehle nicht, beneide nicht, arbeite für deine Träume, vergib und tue

Wohltätigkeit. Dies sind einige Dinge, die Sie tun können, um ein besserer Mensch zu werden.

Bauer

Manchmal bin ich wegen meiner persönlichen Frustration traurig. Mein Traum war es, Arzt zu werden, aber die Armut hat mich gezwungen, andere Wege einzuschlagen. Heute bin ich Tagelöhner und Waschmaschine. Mit dem Geld aus der Arbeit ernähre ich meine drei Kinder. Mein alkoholkranker Ehemann ist mit einer anderen Frau durchgebrannt. Ich fand es gut, weil er eine Last für mein Leben war. Ich erinnere mich noch an deinen Verrat und das tut weh. Ich wollte einen klareren Weg zu meinem Leben finden.

Vincent

Passen Sie auf Ihre Kinder auf. Sie sind Ihr größter Reichtum. Unsere Familie ist unser größter Reichtum. Aus meiner Lebenserfahrung behandle sie gut. Sie werden Ihre Träume durch sie erfüllen.

Bauer

Wahrheit. Ich bemühe mich sehr, ihnen alles zu geben, was ich nicht hatte. Ich bin eine gute Mütterberaterin. Ich will nur das Beste für meine Kinder.

Vincent

Das ist gut. Gott wird dich segnen und deine Schmerzen heilen. Es gibt Übel, die kommen, um zu lehren. Es gibt keinen Sieg ohne Leiden. Scheitern bereitet uns darauf vor, wahre Gewinner zu sein.

Bauer

Ehre sei Gott. Danke für alles, Vater.

Vincent

Gott sei Dank, mein Kind. Alles Gute für dich.

Die Arbeit des christlichen Pastors war absolut wunderbar. Er verzauberte Menschenmengen mit seiner Weisheit und seinem Glauben an Christus. Ein bemerkenswertes Beispiel dafür, dass sich das Gute immer durchsetzt.

Tod des Gründers der Kongregation

Paul da Cruz ist gestorben. Es war ein schrecklicher Schmerz für Vincent, der besonders gut mit ihm befreundet war. Es war ein stürmischer Tag. Eine Menschenmenge nahm an der Totenwache teil. Zwischen Gebeten und Tränen betrauerten sie den Verlust dieses großen Mannes. Der Tod ist unerklärlich. Der Tod hat die Macht, die Gegenwart derer zu nehmen, die wir am meisten lieben.

Der Trauerzug verließ das Haus und rückte auf den Straßen der Stadt zum Friedhof vor. Es war ein sonniger Nachmittag mit heftigen Winden, die ihnen erschreckend ins Gesicht schlugen. Dort endete die Laufbahn eines edlen Mannes. Ein Mann, der sich seinem religiösen Glauben verschrieben hat.

Die Parade vor dem Loch, das im Friedhof gegraben wurde. Das letzte Wort wird Ihrem Hauptjünger gegeben. Unser lieber Vincent.

"Die Zeit ist gekommen für den Abschied von einem großen Mann. Ein Mann mit einer großartigen Karriere vor seiner Gemeinde. Er hat seine Mission wirklich erfüllt. In seinem Projekt hat er Tausenden von Menschen mit seinem Rat, seiner finanziellen Hilfe und seiner geholfen." gutes Beispiel. Er hinterließ eine edle Spur. Er war stolz auf seine Familie, die Gesellschaft und seine christlichen Brüder. Es war ein unwiderruflicher Charakter, der uns dazu inspirierte, bessere Menschen zu werden. Geh in Frieden, Bruder! Möge der Schöpfer Gott geben dir die Ruhe, die du verdienst. Eines Tages werden wir uns wiedersehen.

Unter Tränen und Applaus wurde die Leiche beerdigt. Dort endete die Laufbahn eines großen Mannes auf Erden. Es blieb ihm nur noch viel Glück in seiner neuen ewigen Bleibe zu wünschen.

Ernennung zum Bischofsamt

Vincent Mary wuchs in seiner Mission und Heiligkeit auf. Seine apostolische Arbeit wurde von allen bewundert. Als Belohnung für seine Arbeit beschloss seine Diözese, ihn zum Bischof zu befördern.

Der große Tag ist gekommen. In einer privaten Zeremonie versammelten sich die Geistlichen zu einer großen Feier.

Ehemaliger Bischof

Es ist an der Zeit, mich zurückzuziehen und den Rest meines Alters auszuruhen. Siehe, wir haben Vincent Mary ausgewählt, um meinen Platz einzunehmen. Er ist ein hochqualifizierter Priester für diesen Job. Sein Projekt in der Gemeinde war ein wertvolles Werkzeug für die katholische Kirche im Kampf gegen Ketzereien und bei der Eroberung neuer Gläubiger. Ich wünsche dir viel Glück, Liebling. Irgendwas zu deklarieren?

Vincent Maria

Es ist mir eine Ehre, eine solche Auszeichnung zu erhalten. Ich verspreche, meinem Glauben treu zu bleiben und mich an das Gesetz der heiligen Mutterkirche zu halten. Gott sei mit mir bei diesem großartigen Neustart der Wanderung.

Applaus gibt es für Sie beide. Es war ein neuer Zyklus im Leben eines jeden. Sie wussten, dass die Diözese sicher war und dass die heilige Mutterkirche noch weiterwachsen würde. Gott sei mit allen!

Die Invasion von Napoleon Bonaparte

Napoleon Bonaparte war ein Kaiser, der die Kirche usurpierte. Um die gesamte Gemeinde zu beherrschen, fielen Soldaten in die Diözese ein und forderten vom Bischof eine Position.

Soldat

Wir sind hier im Auftrag von Napoleon Bonaparte. Herr Bischof, unterwerfen Sie sich der Autorität von Napoleon Bonaparte?

Vincent Maria

Niemals. Ich unterwerfe mich keiner menschlichen Autorität. Ich bin Christi einziger Diener.

Soldat

Nun, das ist es. Ich werde ihn verhaften lassen. Sie werden viel leiden müssen, um zu lernen, die Autoritäten zu respektieren.

Vincent Maria

Wenn dies Gottes Wille ist, bin ich vorbereitet! Du kannst mich nehmen. Ich habe keine Angst vor der Justiz der Männer.

Der Bischof wurde ins Gefängnis gebracht. Anschließend wurde er für sieben Jahre in die Städte Novara und Mailand verbannt.

Die Zeit des Exils

In den sieben Jahren seines Exils erlitt Vincent die unterschiedlichsten Arten von körperlicher und verbaler Folter, die seinen Glauben bewiesen. Dies waren harte Zeiten, in denen der Imperialismus die größte Macht war. Bericht über ihn im Gefängnis:

„Herr Gott, wie ich leide! Ich befinde mich auf einem Ausweg. Meine Unterdrücker sind viele und stark. Ich fühle mich so allein, dass dies eine Phase ist und dass deine mächtige Hand kommen kann, um mein Leben zu verändern. Ich vertraue auf meine Werte und meinen Glauben. Alles wird gut."

Soldat

Das Königreich von Napoleon Bonaparte ist gefallen. Es steht Ihnen frei, in Ihre Diözese zurückzukehren.

Vincent

Ehre sei Gott. Ich weiß nicht, wie ich Ihnen für diese Veröffentlichung danken soll. Zum ersten Mal in meinem Leben fühle ich mich völlig frei. Ehre sei Gott dafür! Meine Mission kann fortgesetzt werden.

Abschied von der Mission

Vincent Maria bekleidete noch einige Jahre das Bischofsamt. Als Ältester bat er um seinen Rücktritt. Frei von seinen Verpflichtungen half er weiterhin in Katecheten Missionen. Seine Mission erstreckte sich bis zum Ende seiner Tage. Seine offizielle Heiligsprechung erfolgte im Jahr 1950.

Das Ende

www.ingramcontent.com/pod-product-compliance
Lightning Source LLC
LaVergne TN
LVHW021054100526
838202LV00083B/5884